岩 波 文 庫

31-195-1

茨木のり子詩集

谷川俊太郎選

岩 波 書 店

初々しさ

茨木さんの詩を選ぶのは難しいことではありませんでした。好きな作、そうでもない作が私の心の中ですでに決まっていたからです。世評の高い作でも、私の眼から見て代表作とするに足りないと思えば、選から外しましたが、詩の好き嫌いは批評とはまた別の次元にあるので、私以外の読者の意見に耳を傾けて、選び直した作もあります。

茨木さんの詩業は、亡くなった後に公にされた『歳月』によって成就したと私は考えています。それまでの作のうちにも幾多の秀作がありますが、それらはどちらかと言えば読者の知性に訴えるものが多く、むしろ茨木さんのうちなる散文精神が詩の形を借りていたというふうに私には見えます。

『歳月』に収められた作には、もっと生な茨木さんが息づいています。天下国家に向けられていた眼が、愛する一人の男性に向けられたとき、〈私〉を含みこむことで茨木さんの〈公〉はより深く大きくなったと思います。

何でも言える親しいおつきあいをしていましたから、時折私は苦言を呈しました。例えば有名な「わたしが一番きれいだったとき」の、第五、第六、最終節はないほうがいいとか、「倚りかからず」より「青梅街道」のほうが好きだとか、茨木さんは不満顔ながら素直に聞いてくれました。

その青梅街道を我が家から西へ二十分ほど車で走って、何度も茨木家を訪ねました。「時代おくれ」を楽しんでいるような静かな室内で、もうお婆さんのはずなのに、茨木さんはいつまでも初々しかった。

谷川俊太郎

二〇一三年一二月

目　次

拾遺詩篇(詩集未収録作品)

『茨木のり子全詩集』所収
「「スクラップブック」から」より
(花神社、二〇一〇)

*

《対談》

茨木のり子詩集

魂

あなたはエジプトの王妃のように
たくましく
洞窟の奥に坐っている
あなたへの奉仕のために
私の足は休むことをしらない
あなたへの媚《こび》のために
くさぐさの虚飾に満ちた供物を盗んだ
けれど私は一度も見ない
暗く蒼いあなたの瞳が

湖のように　ほほえむのを
水蓮のように花ひらくのを

獅子の頭のきざんである
巨大な椅子に坐をしめて
黒檀色に匂う肌よ
ときおり私は燭《しょく》をあげ
あなたの膝下《しっか》にひざまづく

胸飾りシリウスの光を放ち
　シリウスの光を放ち
あなたはいつも瞳をあげぬ

くるいたつような空しい問答と
メタフィジックな放浪がふたたびはじまる

まれに……
私は手鏡を取り
あなたのみじめな奴隷をとらえる

いまなお〈私〉を生きることのない
この国の若者のひとつの顔が
そこに
火をはらんだまま凍っている

根府川の海

根府川
東海道の小駅
赤いカンナの咲いている駅

たっぷり栄養のある
大きな花の向うに
いつもまっさおな海がひろがっていた

中尉との恋の話をきかされながら
友と二人ここを通ったことがあった

あふれるような青春を
リュックにつめこみ
動員令をポケットに
ゆられていったこともある

燃えさかる東京をあとに
ネーブルの花の白かったふるさとへ
たどりつくときも
あなたは在った

丈高いカンナの花よ
おだやかな相模の海よ

沖に光る波のひとひら
ああそんなかがやきに似た
十代の歳月
風船のように消えた
無知で純粋で徒労だった歳月
うしなわれたたった一つの海賊箱

ほっそりと
蒼く
国をだきしめて
眉をあげていた
菜ッパ服時代の小さいあたしを

根府川の海よ
忘れはしないだろう？
女の年輪をましながら
ふたたび私は通過する
あれから八年
ひたすらに不敵なこころを育て

海よ

あなたのように
あらぬ方を眺めながら……。

対話

ネーブルの樹の下にたたずんでいると
白い花々が烈しく匂い
獅子座の首星が大きくまたたいた
つめたい若者のように呼応して
地と天のふしぎな意志の交歓を見た！
たばしる戦慄の美しさ！
のけ者にされた少女は防空頭巾を
かぶっていた　隣村のサイレンが
まだ鳴っていた

あれほど深い妬みはそののちも訪れない
対話の習性はあの夜幕を切った。

ひそかに

節分の豆は
むかし
ジャングルにまで撒かれたが

巨濤
をみとどけた者はいない

沙漠を行った者は沙漠
スマトラ女を抱いた者は腰のみのり
インドネシアの痙攣はしらず

楊柳の巷を行った者は　飛ぶわた毛
苦力《クーリー》の瞳のいろはしらず

みんなふやけて還ってきた
颯颯《さっさつ》と箒でまとめられ
中に一粒のエドガア・スノウすらまじえずに

　樫の木の若者を曠野にねむらせ
しなやかなアキレス腱を海底につなぎ
おびただしい死の宝石をついやして
　ついに
永遠の一片をも掠め得なかった民族よ

あきめくらは集って
眠たげにコーヒーをすすり

鍬をかつぎ
一羽の鳩も飛ばさない
三文手品師の一行に
故なく花を投げたりする

おお遠く
パピルスから伝わる
尨大な史書に
またひとつのリフレインを追加
使いふるしたリフレインだけを？
葡萄酒のしづけさで

深夜

私の耳もとを染めてくる

この熱いものはなにか！

武者修行

乱雲飛び
どすぐろい風　はためく曠野
野分はいくつすぎていったか……
ふたたび武者修行のはやる季節
きたえられた宝刀を抱き
仮寝をむすぶ根なし草の氾濫

かつて父祖ら仕官のための放浪
われら今、あらゆる君主すてる旅路
人と人とのはざまは
千仞《せんじん》の谷

目のくらむ寂寥に堪え
無辺の空と切りむすべば
暗い暗い火花が散る
燃えつこうとして　燃えつかない
ひうち石の火のような

夜陰
丘にのぼって
小手《こて》をかざせば
「無数のかれらの閃光もみえる
つめたく
もどかしい
不吉な陣痛のひきつりのような

のろし火
彼方にあがり　消え

合言葉解せぬまま
彼方にのろし火あがり　消え
狂鳥墜ち！
沼ははげしい静穏を保つ

この島にはじめて孵る深海魚の子ら！
五官にみづからの灯を入れて
野火の夢を拒絶せよ！

内部からくさる桃

単調なくらしに耐えること
雨だれのように単調な……

恋人どうしのキスを

こころして成熟させること
一生を賭けても食べ飽きない
おいしい南の果物のように

禿鷹の闘争心を見えないものに挑むこと
つねにつねにしりもちをつきながら

ひとびとは
怒りの火薬をしめらせてはならない
まことに自己の名において立つ日のために

ひとびとは盗まなければならない
恒星と恒星の間に光る友情の秘伝を

ひとびとは探索しなければならない
山師のように　執拗に

〈埋没されてあるもの〉を
ひとりにだけふさわしく用意された
〈生の意味〉を

それらはたぶん
おそろしいものを含んでいるだろう
酩酊の銃を取るよりはるかに！

耐えきれず人は攫《つか》む
贋金《にせがね》をつかむように
むなしく流通するものを攫む

内部からいつもくさってくる桃、平和

日々に失格し
日々に脱落する悪たれによって

世界は
壊滅の夢にさらされてやまない。

こどもたち

こどもたちの視るものはいつも断片
それだけではなんの意味もなさない断片
たとえ視られても
おとなたちは安心している
なんにもわかりはしないさ　あれだけぢゃ

しかし
それら一つ一つとの出会いは
すばらしく新鮮なので
こどもたちは永く記憶にとどめている

よろこびであったもの　驚いたもの
神秘なもの　醜いものなどを

青春が嵐のようにどっと襲ってくると
こどもたちはなぎ倒されながら
ふいにすべての記憶を紡ぎはじめる
かれらはかれらのゴブラン織を織りはじめる

その時に
父や母　教師や祖国などが
海蛇や毒草　こわれた甕　ゆがんだ顔の
イメージで　ちいさくかたどられるとしたら
それはやはり哀しいことではないのか

おとなたちにとって
ゆめゆめ油断のならないのは

なによりもまづ　まわりを走るこどもたち
今はお菓子ばかりをねらいにかかっている
この栗鼠《りす》どもなのである

或る日の詩

駅のベンチに腰かける
小さな都会の　夕暮の

人参と缶詰とセロリで重い
買物籠をよせ
ゆききする人を眺める

悲哀を蛍のように包み家路をいそぐ老人

カタカタと饐《す》えた弁当箱を鳴らし
電車にとびのる若い人夫

切りたてのダリア　郵便局の娘

工学の本にひたすら傾斜する近眼の学生
彼には騒音も蟬しぐれ
戸隠《とがくし》の坊にでも居るような　静寂さ

浴衣をまとい
たなばたの笹の町へはしゃぎ出る黒人

アア山賊も現れた！
なんでも毟《むし》る俊敏な目
ちびた古下駄の主婦が

人生の切断面がぱっくり口を開け
真珠のように鈍くひかるものを
おもいがけず　かいまみたりもする

それら心に残ったひとびとの肩を
私はポンとたたくことが出来ない
素朴な山男のようには……

愛を岩清水のように
淡々と溢れさせえない悔恨が
私を夜の机にむかわせる
見知らぬ人へ
やさしい
いい手紙を書くつもりで
ペンは
いつのまにか

酷薄な文句を生んでいる。

もっと強く

もっと強く願っていいのだ
わたしたちは明石の鯛がたべたいと
もっと強く願っていいのだ
わたしたちは幾種類ものジャムが
いつも食卓にあるようにと
もっと強く願っていいのだ
わたしたちは朝日の射すあかるい台所が
ほしいと

すりきれた靴はあっさりとすて
キュッと鳴る新しい靴の感触を
もっとしばしば味いたいと

秋　旅に出たひとがあれば
ウインクで送ってやればいいのだ

なぜだろう
萎縮することが生活なのだと
おもいこんでしまった村と町
家々のひさしは上目づかいのまぶた

おーい　小さな時計屋さん
猫脊をのばし　あなたは叫んでいいのだ
今年もついに土用の鰻と会わなかったと

おーい　小さな釣道具屋さん
あなたは叫んでいいのだ
俺はまだ伊勢の海もみていないと

女がほしければ奪うのもいいのだ
男がほしければ奪うのもいいのだ

ああ　わたしたちが
もっともっと貪婪《どんらん》にならないかぎり
なにごとも始りはしないのだ。

準備する

〈むかしひとびとの間には
あたたかい共感が流れていたものだ〉

少し年老いてこころないひとたちが語る

そう
たしかに地下壕のなかで
みしらぬひとたちとにがいパンを
分けあったし
べたべたと
誰とでも手をとって
猛火の下を逃げまわった

弱者の共感
蛆虫の共感
殺戮につながった共感
断じてなつかしみはしないだろう
わたしたちは

さびしい季節
みのらぬ時間
たえだえの時代が
わたしたちの時代なら
私は親愛のキスをする　その額に
不毛こそは豊穣のための〈なにか〉
はげしく試される〈なにか〉なのだ

野分のあとを繕うように
果樹のまわりをまわるように
畑を深く掘りおこすように
わたしたちは準備する
遠い道草　永い停滞に耐え
忘れられたひと
忘れられた書物
忘れられたくるしみたちをも招き

たくさんのことを黙々と

わたしたちのみんなが去ってしまった後に
醒めて美しい人間と人間との共感が
匂いたかく花ひらいたとしても
わたしたちの皮膚はもうそれを
感じることはできないのだとしても

あるいはついにそんなものは
誕生することがないのだとしても

わたしたちは準備することを
やめないだろう
ほんとうの　死と
　　生と
共感のために。

見えない配達夫

I

三月　桃の花はひらき
五月　藤の花々はいっせいに乱れ
九月　葡萄の棚に葡萄は重く
十一月　青い蜜柑は熟れはじめる

地の下には少しまぬけな配達夫がいて
帽子をあみだにペタルをふんでいるのだろう
かれらは伝える　根から根へ
逝きやすい季節のこころを

『見えない配達夫』

世界中の桃の木に　世界中のレモンの木に
すべての植物たちのもとに
どっさりの手紙　どっさりの指令
かれらもまごつく　とりわけ春と秋には

えんどうの花の咲くときや
どんぐりの実の落ちるときが
北と南で少しづつずれたりするのも
きっとそのせいにちがいない

秋のしだいに深まってゆく朝
いちじくをもいでいると
古参の配達夫に叱られている
へまなアルバイト達の気配があった

Ⅱ

三月　雛のあられを切り
五月　メーデーのうた巷にながれ
九月　稲と台風とをやぶにらみ
十一月　あまたの若者があまたの娘と盃を交す

地の上にも国籍不明の郵便局があって
見えない配達夫がとても律儀に走っている
かれらは伝える　ひとびとへ
逝きやすい時代のこころを

世界中の窓々に　世界中の扉々に
すべての民族の朝と夜とに
どっさりの暗示　どっさりの警告

かれらもまごつく　大戦の後や荒廃の地では
ルネッサンスの花咲くときや
革命の実のみのるときが
北と南で少しづつずれたりするのも
きっとそのせいにちがいない

未知の年があける朝
じっとまぶたをあわせると
虚無を肥料に咲き出ようとする
人間たちの花々もあった

敵について

私の敵はどこにいるの？

君の敵はそれです
君の敵はあれです
君の敵はまちがいなくこれです
ぼくら皆の敵はあなたの敵でもあるのです

ああその答のさわやかさ　明解さ

あなたはまだわからないのですか
あなたはまだ本当の生活者じゃない
あなたは見れども見えずの口ですよ

あるいはそうかもしれない敵は……
敵は昔のように鎧かぶとで一騎
おどり出てくるものじゃない

現代では計算尺や高等数学やデータを
駆使して算出されるものなのです

でもなんだかその敵は
私をふるいたたせない
組みついたらまたただのオトリだったりして
味方だったりして……そんな心配が

なまけもの
なまけもの
なまけもの
君は生涯敵に会えない
君は生涯生きることがない

いいえ私は探しているの　私の敵を

敵は探すものじゃない
　ひしひしとぼくらを取りかこんでいるもの

いいえ私は待っているの　私の敵を

　敵は待つものじゃない
　日々にぼくらを侵すもの

いいえ邂逅の瞬間がある！
私の爪も歯も耳も手足も髪も逆だって
敵！　と叫ぶことのできる
私の敵！　と叫ぶことのできる
ひとつの出会いがきっと　ある

ぎらりと光るダイヤのような日

短い生涯
とてもとても短い生涯
六十年か七十年の

お百姓はどれほど田植えをするのだろう
コックはパイをどれ位焼くのだろう
教師は同じことをどれ位しゃべるのだろう

子供たちは地球の住人になるために
文法や算数や魚の生態なんかを
しこたまつめこまれる

それから品種の改良や

りふじんな権力との闘いや
不正な裁判の攻撃や
泣きたいような雑用や
ばかな戦争の後仕末をして
研究や精進や結婚などがあって
小さな赤ん坊が生れたりすると
考えたりもっと違った自分になりたい
欲望などはもはや贅沢品になってしまう

世界に別れを告げる日に
ひとは一生をふりかえって
じぶんが本当に生きた日が
あまりにすくなかったことに驚くだろう

指折り数えるほどしかない
その日々の中の一つには

恋人との最初の一瞥の
するどい閃光などもまじっているだろう

〈本当に生きた日〉は人によって
たしかに違う
ぎらりと光るダイヤのような日は
銃殺の朝であったり
アトリエの夜であったり
果樹園のまひるであったり
未明のスクラムであったりするのだ

悪童たち

春休みの悪童たち
所在なしに

わが家の塀に石を投げる
石は
古びた塀をつきぬけ硝子窓に命中する
思うに
キャッとばかり飛び出してゆく私の姿を
見ようがための悪戯で
桜の木から偵察兵のちびが
するすると逃げてゆくのも目撃した
花泥棒とか実を盗むのならかわいいのだけれど
ある日
とうとう一味の三人を摑まえた
　学校名を言いなさい！　何年生？
　だれがしたの？
　あなたたちの家　どこ？
　あなたたちのお母さんに
　言わなければならないことがある！

一味は頑として口を割らず
逃げた首謀者を庇っている
かれらにはかれらの掟があり
沈黙は抵抗運動の仲間のように完璧だ
私の叫びを不敵な笑いで眺められると
ぎりぎりと拷問しても
泥を吐かせたいさざなみが立ってくる

アルジェリア!
腐臭が薫風にのってくる
わが青春の日に讃えたフランスの魂は
十数年で錆を呼んでしまったのか!
　おまわりさんを呼んでくる
　という一言をぐっと押え
　割られた窓を繕いに
　私は顔をあからめてくびすを返す

次の日は戦法をかえる
塀に石の鳴る時刻
私はほんきでやさしい気持を作って出てゆく
　あなたたち　そうしないでね
　自分の家の塀にそうされたら
　困るでしょう
　硝子を割られると本当に困るのよ
ガラスはもはやガラスではなく
微妙であやしげな人間の権利そのものの
顫《ふる》えだ
子供たちはウンという
やさしい言葉で人を征服するのは
なんてむつかしく　しんどい仕事だろう
悪童の顔ぶれは毎日違い

私は毎日出てゆかなければならない
遠視の眼鏡をずりあげながら
シャボンの泡だらけになりながら
菜切庖丁を持ったりしたままで
塀ひとつむこう
夕暮などは
蚊柱のように群れている子供たちの広場へ

六　月

どこかに美しい村はないか
一日の仕事の終りには一杯の黒麦酒
鍬を立てかけ　籠を置き
男も女も大きなジョッキをかたむける

どこかに美しい街はないか
食べられる実をつけた街路樹が
どこまでも続き　すみれいろした夕暮は
若者のやさしいさざめきで満ち満ちる

どこかに美しい人と人との力はないか
同じ時代をともに生きる
したしさとおかしさとそうして怒りが
鋭い力となって　たちあらわれる

わたしが一番きれいだったとき

わたしが一番きれいだったとき
街々はがらがら崩れていって
とんでもないところから

青空なんかが見えたりした

わたしが一番きれいだったとき
まわりの人達が沢山死んだ
工場で　海で　名もない島で
わたしはおしゃれのきっかけを落してしまった

わたしが一番きれいだったとき
だれもやさしい贈物を捧げてはくれなかった
男たちは挙手の礼しか知らなくて
きれいな眼差だけを残し皆発っていった

わたしが一番きれいだったとき
わたしの頭はからっぽで
わたしの心はかたくなで
手足ばかりが栗色に光った

わたしが一番きれいだったとき
わたしの国は戦争で負けた
そんな馬鹿なことってあるものか
ブラウスの腕をまくり卑屈な町をのし歩いた

わたしが一番きれいだったとき
ラジオからはジャズが溢れた
禁煙を破ったときのようにくらくらしながら
わたしは異国の甘い音楽をむさぼった

わたしが一番きれいだったとき
わたしはとてもふしあわせ
わたしはとてもとんちんかん
わたしはめっぽうさびしかった

だから決めた　できれば長生きすることに
年とってから凄く美しい絵を描いた
フランスのルオー爺さんのように
ね

小さな娘が思ったこと

小さな娘が思ったこと
ひとの奥さんの肩はなぜあんなに匂うのだろう
木犀《もくせい》みたいに
くちなしみたいに
ひとの奥さんの肩にかかる
あの淡い靄《もや》のようなものは
なんだろう？
小さな娘は自分もそれを欲しいと思った

どんなきれいな娘にもない
とても素敵な或るなにか……

小さな娘がおとなになって
妻になって母になって
ある日不意に気づいてしまう
ひとの奥さんの肩にふりつもる
あのやさしいものは
日々
ひとを愛してゆくための
　ただの疲労であったと

あほらしい唄

この川べりであなたと

ビールを飲んだ　だからここは好きな店
七月のきれいな晩だった
あなたの坐った椅子はあれ　でも三人だった
小さな提灯がいくつもともり　けむっていて
あなたは楽しい冗談をばらまいた

二人の時にはお説教ばかり
荒々しいことはなんにもしないで
でもわかるの　わたしには
あなたの深いまなざしが
早くわたしの心に橋を架けて
別の誰かに架けられないうちに

わたし　ためらわずに渡る
あなたのところへ

そうしたらもう後へ戻れない
跳ね橋のようにして

ゴッホの絵にあった
アルル地方の素朴で明るい跳ね橋！

娘は誘惑されなくちゃいけないの
それもあなたのようなひとから

はじめての町

はじめての町に入ってゆくとき
わたしの心はかすかにときめく
そば屋があって
寿司屋があって
デニムのズボンがぶらさがり
砂ぼこりがあって
自転車がのりすてられてあって
変りばえしない町
それでもわたしは十分ときめく

見なれぬ山が迫っていて
見なれぬ川が流れていて
いくつかの伝説が眠っている
わたしはすぐに見つけてしまう
その町のほくろを
その町の秘密を

その町の悲鳴を

はじめての町に入ってゆくとき
わたしはポケットに手を入れて
風来坊のように歩く
たとえ用事でやってきてもさ

お天気の日なら
町の空には
きれいないろの淡い風船が漂う
その町の人たちは気づかないけれど
はじめてやってきたわたしにはよく見える
なぜって　あれは
その町に生れ　その町に育ち　けれど
遠くで死ななければならなかった者たちの
魂なのだ

そそくさと流れていったのは
遠くに嫁いだ女のひとりが
ふるさとをなつかしむあまり
遊びにやってきたのだ
魂だけで　うかうかと

そうしてわたしは好きになる
日本のささやかな町たちを
水のきれいな町　ちゃちな町
とろろ汁のおいしい町　がんこな町
雪深い町　菜の花にかこまれた町
目をつりあげた町　海のみえる町
男どものいばる町　女たちのはりきる町

大学を出た奥さん

大学を出たお嬢さん
田舎の旧家にお嫁に行った
長男坊があまりすてきで
留学試験はついにあきらめ
ピイピイ

大学を出た奥さん
智識はぴかぴかのステンレス
赤ん坊のおしめ取り替えながら
ジュネを語る　塩の小壺に学名を貼る
ピイピイ

大学を出たあねさま

お正月には泣きべそをかく
村中総出でワッと来られ　朱塗のお膳だ
とっくりだ　お燗だ　サカナだ
　　　　　　ピイピイ

大学を出たかかさま
麦畑のなかを自転車で行く
だいぶ貫禄ついたのう
村会議員にどうだろうか　悪くないぞ
　　　　　　ピイピイ

怒るときと許すとき

女がひとり
頬杖をついて

慣れない煙草をぷかぷかふかし
油断すればぽたぽた垂れる涙を
水道栓のように　きっちり締め
男を許すべきか　怒るべきかについて
思いをめぐらせている
庭のばらも焼林檎も整理箪笥も灰皿も
今朝はみんなばらばらで糸のきれた頸飾りのようだ
噴火して　裁いたあとというものは
山姥のようにそくそくと寂しいので
今度もまたたぶん許してしまうことになるだろう
じぶんの傷あとにはまやかしの薬を
ふんだんに塗って
　これは断じて経済の問題なんかじゃない
女たちは長く長く許してきた
あまりに長く許してきたので

どこの国の女たちも鉛の兵隊しか
生めなくなったのではないか？
このあたりでひとつ
男の鼻っぱしらをボイーンと殴り
アマゾンの焚火でも囲むべきではないか？
女のひとのやさしさは
長く世界の潤滑油であったけれど
それがなにを生んできたというのだろう？

女がひとり
頬杖をついて
慣れない煙草をぷかぷかふかし
ちっぽけな自分の巣と
蜂の巣をつついたような世界の間を
行ったり来たりしながら
怒るときと許すときのタイミングが

うまく計れないことについて
まったく途方にくれていた
それを教えてくれるのは
物わかりのいい伯母様でも
深遠な本でも
黴の生えた歴史でもない
たったひとつわかっているのは
自分でそれを発見しなければならない
ということだった

『鎮魂歌』

花の名

「浜松はとても進歩的ですよ」

「と申しますと?」

「全裸になっちまうんです　浜松のストリップ　そりゃあ進歩的です」

なるほどそういう使い方もあるわけか　進歩的!

登山帽の男はひどく陽気だった
千住に住む甥ッ子が女と同棲しちまって
しかたないから結婚式をあげてやりにゆくという
「あなた先生ですか?」

「いいえ」

「じゃ絵描きさん?」

「いいえ」

以前　女探偵かって言われたこともあります

やはり汽車のなかで」
「はっはっはっは」
　わたしは告別式の帰り
　父の骨を柳の箸でつまんできて
　はかなさが十一月の風のようです
　黙って行きたいのです
「今日は戦時中のように混みますね
お花見どきだから　あなた何年生れ？
へええ　じゃ僕とおない年だ　こりゃ愉快！
ラバウルの生き残りですよ　僕　まったくひどいもんだった
さらばラバウルよって唄　知ってる？
いい唄だったなあ」
　かつてのますらお・ますらめも
　だいぶくたびれたものだと
　お互いふっと眼を据える
　吉凶あいむかい賑やかに東海道をのぼるより

仕方がなさそうな
「娯楽のためにも殺気だつんだからな
でもごらんなさい　桜の花がまっさかりだ
海の色といいなあ
僕　いろいろ花の名前を覚えたいと思ってンですよ
あなた知りませんか？　ううんとね
大きな白い花がいちめんに咲いていて……」
「いい匂いがして　今ごろ咲く花？」
「そう　とても豪華な感じのする」
「印度の花のようでしょう」
「そう　そう」
「泰山木《たいさんぼく》じゃないかしら？」
「ははァ　泰山木　……僕長い間
知りたがってたんだ　どんな字を書くんです？
なるほど　メモしとこう」
女のひとが花の名前を沢山知っているのなんか

とてもいいものだよ
父の古い言葉がゆっくりよぎる
物心ついてからどれほど怖れてきただろう
死別の日を
歳月はあなたとの別れの準備のために
おおかた費やされてきたように思われる
いい男だったわ　お父さん
娘が捧げる一輪の花
生きている時言いたくて
言えなかった言葉です
棺のまわりに誰も居なくなったとき
私はそっと近づいて父の顔に頬をよせた
氷ともちがう陶器ともちがう
ふしぎなつめたさ
菜の花畑のまんなかの火葬場から
ビスケットを焼くような黒い煙がひとすじ昇る

ふるさとの海べの町はへんに明るく
すべてを童話に見せてしまう
鱶《ふか》に足を喰いちぎられたとか
農機具に手をまき込まれたとか
耳に虻が入って泣きわめくちび　交通事故
自殺未遂　腸捻転　破傷風　麻薬泥棒
田舎の外科医だったあなたは
他人に襲いかかる死神を力まかせにぐいぐい
のけぞらせ　つきとばす
昼もなく夜もない精悍な獅子でした
まったく突然の
少しの苦しみもない安らかな死は
だから何者からかの御褒美ではなかったかしら
「今日はお日柄もよろしく……仲人なんて
照れるなあ　あれ！　僕のモーニングの上に
どんどん荷物がま　いいや　しかし

東京に住もうとは思わないなあ
ありゃ人間の住むとこじゃない
田舎じゃ誠意をもってつきあえば友達は
ジャカスカ出来るしねえ　僕は材木屋です
子供は三人　あなたは？」
父の葬儀に鳥や獣はこなかったけれど
花びら散りかかる小型の涅槃図
白痴のすーやんがやってきて廻らぬ舌で
かきくどく
誰も相手にしないすーやんを
父はやさしく診てあげた
私の頬をしたたか濡らす熱い塩化ナトリウムのしたたり
農夫　下駄屋　おもちゃ屋　八百屋
漁師　うどんや　瓦屋　小使い
好きだった名もないひとびとに囲まれて
ひとすじの煙となった野辺のおくり

棺を覆うて始めてわかる
味噌くさくはなかったから上味噌であった仏教徒
吉良《キラ》町のチエホフよ
　さようなら
「旅は道づれというけれど　いやあお蔭さんで
楽しかったな　じゃ　お達者でね」
東京駅のプラットフォームに登山帽がまったく
紛れてしまったとき　あ　と叫ぶ
あのひとが指したのは辛夷《こぶし》の花ではなかったかしら
そうだ泰山木は六月の花
もう咲いていたというのなら辛夷の花
ああ　なんといううわのそら
娘の頃に父はしきりに言ったものだ
　「お前は馬鹿だ」
　「お前は抜けている」
「お前は途方もない馬鹿だ」

リバガアゼでも詰め込むようにせっせと
世の中に出てみたら左程《さほど》の馬鹿でもないことが
かなりはっきりしたけれど
あれは何を怖れていたのですか　父上よ
それにしても今日はほんとに一寸《ちょっと》　馬鹿
かの登山帽の戦中派
花の名前の誤りを
何時　何処で　どんな顔して
気付いてくれることだろう

女の子のマーチ

男の子をいじめるのは好き
男の子をキイキイいわせるのは大好き
今日も学校で二郎の頭を殴ってやった

二郎はキャンといって尻尾をまいて逃げてった
　二郎の頭は石頭
　べんとう箱がへっこんだ

パパはいう　お医者のパパはいう
女の子は暴れちゃいけない
からだの中に大事な部屋があるんだから
静かにしておいで　やさしくしておいで
　そんな部屋どこにあるの
　今夜探険してみよう

おばあちゃまは怒る　梅干ばあちゃま
魚をきれいに食べない子は追い出されます
お嫁に行っても三日ともたず返されます
頭と尻尾だけ残し　あとはきれいに食べなさい
　お嫁になんか行かないから

魚の骸骨みたくない

パン屋のおじさんが叫んでた
強くなったは女と靴下　女と靴下ァ
パンかかえ奥さんたちが笑ってた
あったりまえ　それにはそれの理由《ワケ》があるのよ
　あたしも強くなろうっと！
　あしたはどの子を泣かせてやろうか

鯛

早春の海に
船を出して
鯛をみた

いくばくかの銀貨をはたき
房州の小さな入江を漕ぎ出して
蜜柑畠も霞む頃
波に餌をばらまくと
青い海底から　ひらひらと色をみせて
飛びあがる鯛
珊瑚いろの閃き　波を蹴り
幾匹も　幾匹も　波を打ち
突然の花火のように燦きはなつ
魚族の群れ

老いたトラホームの漁師が
船ばた叩いて鯛を呼ぶ
そのなりわいもかなしいが
黒潮を思うぞんぶん泳ぎまわり
鍛えられた美しさを見せぬ

怠惰な鯛の　ぶざまなまでの大きさも
なぜか私をぎょっとさせる
どうして泳ぎ出して行かないのだろう　遠くへ
どうして進路を取らないのだろう　未知の方角へ

偉い僧の生誕の地ゆえ
魚も取って喰われることのない禁漁区
法悦の入江
愛もまた奴隷への罠たりうるか
海のひろさ
水平線のはるかさ
日頃の思いがこの日も鳴る
愛もまたゆうに奴隷への罠たりうる

大男のための子守唄

おやすみなさい　大男
夜　冴え冴えとするなんて
それは例外の鳥だから
まぶたを閉じて　口をあけ
お辿りなさい　仮死の道
鳥も樹木も眠る夜
君だけぱっちり眼をあけて
ごそごそするのはなんですか

心臓のポンプが軋むほどの
この忙しさはどこかがひどく間違っている
　　　　　　　　　　　　間違っているのよ

おらが国さが後進国でも
駈けるばかりが能じゃない
大切なものはごく僅か
大切なものはごく僅かです
　あなたがろくでもないものばかり
　作っているってわけじゃないけれど

お眠りなさい　大男
あなたは遠く辿っていって
暗く大きな森にはいる
そこにはつめたい泉があって
ひっそりと燦めくものをふきあげている
あなたは森の泉から
一杯の清水を確実に汲みあげなければならない
ああ　それが何であるかを問わないで

おやすみなさい　大男
一杯の清水を確実に汲みあげてこなければならない
でないとあなたは涸れてしまう
お眠りなさい　大男
二人で行けるところまでは
わたしも一緒にゆきますけれど

本の街にて

――伊達得夫氏に――

うす汚れた下駄を鳴らし
袴をはいて闊歩した明治時代の書生たち
モボきどりで
女の子を追っかけまわした大正の学生たち
その子らやその孫ら

いま尚ひきもきらず肩で風を切ってゆく街
お茶の水の駅を降りると
遠く散っていった者たちの郷愁が
石畳にも花屋の店さきにも色濃く滲んで
その濃密さに　かすかに酔わされる
刷られたばかりの新刊本が
手の切れそうな鋭さで軒なみ並び
出版業の高血圧にたじたじとなる街

学生時代「日本奴隷経済史」を買った
坂の上の本屋を過ぎて
三省堂の裏をうろつくと
小さな「ユリイカ」という出版社がどうやらいつも探し出せた
キッチン・カロリー
愉快な名前のレストラン
古ぼけたメニューが壁にはられ

安いライスカレーの値段など侘《わび》しく風にはためいていた
「詩の雑誌を出してゆくのにも飽きましたね」
伊達得夫氏は暗い声で言い
本気にしたら
「われ発見せり」という語源を持つユリイカは延々と続いた
カスバのようなろじの一角
古雑巾のような木造の二階屋
そこから新鮮な詩集がいくつか生れ　零《こぼ》れた
　　　　果実の匂いをまきちらし
派手なマフラー　首にまきつけ
十三階段あるという急な梯子を昇り降りした
長髪　痩身　皮肉な伊達さん！
あなたはいま　どのあたりを行かれるのですか
あなたの髪を吹く風は　いまどのような温度でしょう
先をちょっとつまんでかぶる

黒いベレーは残っても
その下で明滅した贅沢なひとつの精神は消えました
本の街を行くときに
私はきっと見てしまう
あなたの色濃い影を　ふいに街角やら
昼なお暗い喫茶店ラドリオの隅で
みずからの死はただの消滅！
けれど　なつかしいひとの死の
あとの世界を思うこころは
はだしで壺を捏《こ》ねた古代の女たちと
さして変らぬ稚さで　漂い流れてゆくばかりです

六月の夜
本をひらいたままついに自分の勉強部屋へ
もどれなくなった女の子
クリーム色のセーターを着た少女*には　もう会われましたか

あなたたちの世界にも
「王様の耳」欄の必要はあるのでしょうか
聴問僧というまたの名をお持ちだったあなた
多くのひとの歎きや秘密　相談ごと
それらは密封された箱のなかで
どんなひしめきかたをしています
どこに電話してみても　もうあなたの声は聴かれない
憂鬱で
やさしく
捉えどころのないような声
親しかったひとたちは　だから
ライターばかりカチカチさせて
さびしい顔を集めています
ひとりの男の魅力について
そのよってきたるところについて
解きがたかった謎について

八俣《やまた》の大蛇《おろち》のようなお酒のみの詩人は叫びました
「いくら資本を投入しても
伊達得夫のようなジャーナリストは
二度と創れない　断じて創れない！」
笑いましたね　いま
どうぞ　おっしゃって下さい
さらに幾日かがすぎ更に幾千かの日が過ぎてゆくのです
耳にしたしいあなたの声で
原稿の催促にいらしたときのように

できましたか
ああ　どうも
ふっふっふ　挽歌ですか
いいでしょう
いただきます

＊樺美智子さん

七夕

夜更けて
遠い櫟《くぬぎ》林のもとに
小さな灯りのまたたくのは
安達が原の栖《すみか》のように魅惑的だ
武蔵野の名の残る草ぼうぼうの道
このあたりではまだ沢山の星に会うことができる
天の川はさざなみをたて
岸辺ではヴェガとアルタイル
今宵もなにやら深く息をひそめている

「アンタラ!　ワシノ跡　ツケテキタノ?」

不意に草むらからぬっと出て赤銅いろの裸身が凄む

焼酎の匂いをぷんぷんさせながら
わたしはキッと身がまえる
キッと身がまえてしまうのはとても悪い癖なのだ

「今夜は七夕でしょう
だから星を眺めにきたんですよ」
夫の声がばかにのんびりと闇に流れ
「タナバタ?
たなばた……アアソウナノ
ワシハマタ　ワシノ跡ツケテキタカ思ッテ……
トモ……失礼シマシタ」

彼は魔法の「キオの家」の住人だった
何世帯住んでいるのかわからず
あばらやを出たり入ったりするひとびとは
いつも謎めいて数えることができない

まなじりの釣りあがった可愛い少年が一人いたが
いつのまにか彼も中学生になって現れた
犬までが他人を寄せつけず獰猛に吠えかかり
朝鮮語の華々しい喧嘩が展開されるのは
きまって蒸暑い真夏の丑三ツどき
崖っぷちに一軒ぽつんと建っている
その家のあたりまできてしまった

このゆうべふりくる雨は彦星の早《はや》榜《こ》ぐ船の櫂の散沫《チリ》かも

紀元前からあらわれて次第に形を整えてきた
漢民族のきれいな古譚
かつて万葉人の愛した素材も
もとはと言えば高句麗・百済経由ではるばると
伝えられたものではなかったか
文字　織物　鉄　革　陶器

馬飼い　絵描き　紙　酒つくり
衣縫い　鍛冶屋　学者に奴隷
どれほど多くのものが齎《もたら》されたことだろう
古い恩師の後裔たちは
あちらでもこちらでも　今はさりげなく敬遠されて
夕涼みの者をさえ　尾行かと恐れている

たなばたの一言で急におとなしく背を見せて
帰って行ったステテコ氏
わたしの心はわけのわからぬ哀しみでいっぱいだ
つめたい銀河を仰ぐとき
これからは　きっと　纏りつくだろう
からだを通って発散した強い焼酎の匂いが
ふっと

りゅうりぇんれんの物語

劉連仁《リュウリエンレン》　中国のひと
くやみごとがあって
知りあいの家に赴くところを
日本軍に攫《さら》われた
山東省の草泊《ツァオポ》という村で
昭和十九年　九月　或る朝のこと

りゅうりぇんれんが攫われた
六尺もある偉丈夫が
鍬を持たせたらこのあたり一番の百姓が
為すすべもなく攫われた
山東省の男どもは苛酷に使っても持ちがいい
このあたり一帯が

「華人労務者移入方針」のための
日本軍の狩場であることなどはつゆ知らずに

手あたりしだい　ばったでも摑まえるように
道々とらえ　数珠につなぎ
高密《カオミー》県に着く頃は八十人を越していた
顔みしりの百姓が何人もいて
手に縄をかけられたまま
沈んだ顔を寄せ合っている
「飛行場を作るために連れて行くっていうが」
「一、二ヶ月すれば帰すっていうが」
「青島だとさ」
「青島？」
「信じられない」
「信じられるものか」
不信の声は波紋のようにひろがり

連れて行かれたまま帰ってこなかった人間の噂が
ようやく繁くなった虫の声にまぎれ
ひそひそと語られる

りゅうりぇんれんは胸が痛い
結婚したての若い妻　初々しい前髪の妻は
七ケ月の身重だ
趙玉蘭《チャオユイラン》　お前に知らせる方法はないか
たとえ一月　二月でも　俺が居なかったら
家の畑はどうなるんだ
母とまだ幼い五人の兄弟は
麦を蒔き残した一反二畝の畑の仕末は

通る村　通る町
戸をとざし　門をしめ　死に絶えたよう
いくつもの村　いくつもの町　猫の仔一匹見当らぬ

戸の間から覗き見　慄えている者たち
俺の顔を見覚えていたら伝えてくれろ
罠にかかって連れて行かれたと
妻の 趙玉蘭《チャオユイラン》に　趙玉蘭に

賄賂を持って請け出しにくる女がいる
趙玉蘭はこない
見張りの傀儡軍に幾ばくかを握らせて
息子を請け出してゆく老婆がいる
趙玉蘭はまだこない
追いついてはみたものの　請け出す金の工面がつかず
遠ざかる夫を凝視し続ける妻もいた
血のいろをして沈む陽
石像のように立ちつくす女の視野のなかを
八百人の男たちは消えた

一行八百人の男たちは
青島の大港埠頭へと追いたてられていった
暗い暗い貨物船の底
りゅうりぇんれんは黒の綿入れを脱がされて
軍服を着せられた
銃剣つきの監視のもとで指紋をとられ
それは労工協会で働く契約を結んだということ
その裏は終身奴隷
そうして門司に着いた時の身分は捕虜だった

六日の船旅
たった一ツの蒸パンも涙で食べられはしなかった
あの朝……
さつまいもをひょいとつまんで
道々喰いながら歩いて行ったが
もしもゆっくり家で朝めしを喰ってから

出かけたならば　悪魔をやりすごすことができたろうか
いや　妻が縫ってくれた黒の綿入れ
それにはまだ衿がついていなかった
俺はいやだと言ったんだ
あいつは寒いから着ていけと言う
あの他愛ない諍いがもう少し長びいていたら
摑らないで済んだろうか　めいふぁーず
運の悪い男だ俺も……
舟底の石炭の山によりかかり
八百人の男たち家畜のように玄海灘を越えた

門司からは二百人の男たち　更に選ばれ
二日も汽車に乗せられた
それから更に四時間の船旅
着いたところはハコダテという町
ダテハコというのであったかな？

日本の町のひとびとも襤褸《ぼろ》をまきつけ
からだより大きな荷物を背負い
蟻のように首をのばした難民の群れ　群れ
りゅうりぇんれんらは更にひどい亡者だった
鉄道に働くひとびとは異様な群像を度々見た
そしてかれらに名をつけた「死の部隊」と
死の部隊は更に一日を北へ――
この世の終りのように陰気くさい
雨竜郡の炭坑へと追いたてられていった

飛行場が聞いてあきれる
十月末には雪が降り樹木が裂ける厳寒のなか
かれらは裸で入坑する
九人がかりで一日に五十車分を掘るノルマ
棒クイ　鉄棒　ツルハシ　シャベル
殴られて殴られて　傷口に入った炭塵は

刺青《いれずみ》のように体を彩り爛《ただ》れていった
〈カレラニ親切心　或イハ愛撫ノ必要ナシ
　入浴ノ設備必要ナシ　宿舎ハ坐シテ頭上ニ
　二、三寸アレバ良シトス〉
逃亡につぐ逃亡が始った
雪の上の足跡を辿り　連れもどされての
烈しい仕置
雪の上の足跡を辿り　連れもどされての
目を掩うリンチ
仲間が生きながら殴り殺されてゆくのを
じっと見ているしかない無能さに
りゅうりぇんれんは何度震えだしたことだろう

日本の管理者は言った
「日本は島国である　四面は海に囲まれておる
　逃げようったって逃げきれるものか！」

さっと拡げられた北海道の地図は
凧のような形をしていた
まわりは空か海かともかく青い色が犇《ひし》めいている
かれらは信じない
日本は大陸の地続きだ
朝鮮の先っぽにくっついている半島だ
いや　そうでない　そうでない
奉天　吉林　黒竜江の三省と地続きの国だ
西北へ　西北へと歩けば
故郷にいつかは必ず達する
おお　おおらかな智識よ！　幸あれ！

空気にかぐわしさがまじり
やがて
花も樹々もいっせいにひらく北海道の夏
逃げるのなら今だ！　雪もきれいに消えている

りゅうりぇんれんは誰にも計画を話さなかった
青島で全員暴動を起す計画も洩れてしまった
炭坑へ来てからも何度も洩れた
煉瓦をしっかり抱きしめて
夜明けの合図を待っていたこともあったのに……
りゅうりぇんれんは一人で逃げた
どこから
便所の汲取口から
汚物にまみれて這い出した
このときほど日本を烈しく憎んだことがあったろうか
小川でからだを洗っていると
闇のなかで水音と　中国語の声がする
やはりその日逃げ出した四人の男たちだった
五人は奇遇を喜びあった
西北へ歩こう　西北へ！

忌まわしい炭坑の視界から見えなくなるところまで
今夜のうちに
一日の労働で疲れた躰を鞭うって
五人は急いだ

山また山　峰また峰
野ニラをつまみ　山白菜をたべ　毒茸《どくきのこ》にのたうち
けものと野鳥の声に脅え
猟師もこない奥深くへと移動した
何ケ月目かに里に下りた　飢えのあまりに
二人は見つけられ　引きたてられていった
羽幌という町の近くで
らんらんと輝く太陽のした
戦さは数日前に終っていることも知らないで
三人は山へ向かって逃げた
脅えきった野兎のように

山の上から見下ろした畑は一面の白い花
じゃがいもの白い花
りゅうりぇんれんは知らなかった　じゃがいものこと
茎をたべた　葉をたべた
喰えたもんじゃない　だが待てよ
こんなまずいものを営々とこんなに沢山作るわけがない
そろそろと土を探ると
幾つもの瘤がつらなっている
土を払って齧る　うまさが口一杯にひろがった
じゃがいもは彼らの主食になった
昼は眠り　夜は畑を這う日が続く

「おい　聞えたかい？　いまのは汽笛だ！
　いいぞ！　鉄道に沿っていけば朝鮮までゆける」
なぜ気づかなかったのだろう
海に沿って北にのびる鉄道線を

三人は胸はずませて辿っていった
夜の海辺を昆布を拾いながら　齧りながら
何日もかかって　辿りついたところは
鉄道の終点
それはなんと寂しい風景だったろう
鉄道の終点　荒涼たる海がひろがっているばかりだ
稚内という字も読めなかった
ひとに聞くこともできなかった
大粒の星を仰ぎみて　三人は悟った
日本はどうやら島であるらしい
故郷からは更に遠のいたのも確からしい

三人の男たちは
黙々と冬眠の準備を始めた
短い夏と秋は終っていた　ふぶきはじめた空
熊の親戚みてえなつらしてこの冬はやりすごそう

捨てられたスコップを探してきて
穴を掘りぬき掘りぬいてゆく
昆布と馬鈴薯と数の子を貯えられるだけ貯えて
三つの躰を閉じこめた　雪穴のなかに
三人の男たちはふるさとを語る
不幸なふるさとを語ってやまない
石臼の高粱の粉は誰が挽いたろう
あの朝の庭にあった石臼の粉は
母はこしらえたろうか　ことしも粟餅を
俺は目に浮ぶ　なつめの林
まぼろしの棗《なつめ》林
或る日　日本軍が煙をたててやってきて
伐り倒してしまった二千五百本
いまは切株だけさ　李家荘の部落
じいさんたちが手塩にかけて三十年
毎年街に売りに出た一二〇トンの棗の実

俺は見た
理由《ワケ》もなく押切器で殺された男の胴体
生き埋めにされる前　一本の煙草をうまそうに吸った
一人の男の横顔　まだ若く蒼かった……
俺は見た　女の首
犯されるのを拒んだ女の首は
切り落とされて臀部から生えていた
ひきずり出された胎児もいた
趙玉蘭《チャオユイラン》　おまえにもしものことがあったなら
いやな予感　重なりあう映像をふり払い　ふり払い
りゅうりぇんれんは膝をかかえた
長い膝をかかえてうつらうつら
三人の男は冬を耐えた　半年あまりの冬を
眩しい太陽を恐れ　痺れきった足をさすり
歩く稽古を始めたとき

ふたたび六月の空　六月の風あまく
三人は網走の近くまでを歩き
雄阿寒　雌阿寒の山々を越えた
出たところはまたしても海！
釧路に近い海だった
三人は呆れて立つ
日本が島なのはほんとうに本当らしい
それなら海を試す以外にどんな方法がある
風が西北へ西北へと吹く夜
三人は一艘の小船を盗んだ
船は飛ぶように進んだが　なんということだろう
吹き寄せられたのは同じ浜べ
漕ぎ出した波打際に着いていた
櫓は流れ　積んだ干物は腐っていた
漁師に手真似で頼んでみよう
魚取りの親爺よ　俺たちはひどい目にあっている

送ってくれるわけにはいかないか
朝鮮までいい　同じ下積みの仲間じゃないか
助けてくれろ　恩にきる
無謀なパントマイムは失敗に終った
老漁夫は無言だったが間もなく返事は返ってきた
大がかりな山狩りとなって
追われ追われて二人の仲間は摑まった
たった一人になってしまった　りゅうりぇんれん

りゅうりぇんれんは烈しく泣いた
二人は殺されたに違いない　すべての道は閉された
「待ってくれ　おれも行く！」
腰の荒縄を木にかけて　全身の重みを輪にかけた
痛かったのは腰だ！
六尺の躰を支えきれず　ひよわな縄は脆くも切れた
ぶったまげて　きょとんとして

それからめちゃくちゃに下痢をして
数の子が形のまんま現れた
「ばかやろう！」 そのつもりなら生きてやる
生きて 生きて 生きのびてみせらあな！
その時だ しっかり肝っ玉ァ坐ったのは

彼の上にそれから十二年の歳月が流れていった
りゅうりぇんれんにとっての生活は
穴に入り 穴から出ることでしかなかった
深い雪に押しつぶされず 湧水に悩まされず
冬を過す眠りの穴を
幾冬かのにがい経験のはてに ようやく学び
穴は注意深く年ごとに移動した
ある秋のこと
栗ひろいにやってきた日本の女にばったり会った
女は鋭く一声叫び

折角の栗をまきちらし　まきちらし
這うように逃げた
化けものに出会ったような逃げかただ
りゅうりぇんれんは小川に下りて澄んだ水を覗きこんだ
のび放題の乱れた髪
畑の小屋から失敬した女の着物を纏いつけ
妖怪めいて　ゆらいでいる
これが自分の姿か？
趙玉蘭《チャオユイラン》　おまえが惚れて嫁いできた
りゅうりぇんれんの姿がこれだ
自嘲といまいましさに火照った顔を
秋の川の流れに浸し
虎のように乱暴に揺る
俺は潔癖なほど綺麗ずきで垢づくことは好まなかった
たとえ長い逃避行　人の暮しと縁がなくても
少しは身だしなみをしなくちゃな！

鎌のかけらを探し出し
りゅうりぇんれんはひっそりと髭を剃った
髪は長い弁髪にまとめ　ブヨを払うことをも兼ねしめた

風がアカシヤの匂いを運んでくる
或る夏のこと
林を縫う小さなせせらぎに　とっぷり躰を浸し
ああ謝々《シェシェ》　おてんとさまよ
日本の山野を逃げて逃げて逃げ廻っている俺にも
こんな蓮の花のような美しい一日を
ぽっかり恵んで下されたんだね
木洩れ陽を仰ぎながら
水浴の飛沫をはねとばしているとき
不意に一人の子供が樹々のあいだから
ちょろりと零《こぼ》れた　栗鼠《りす》のように
「男のくせに　なんしてお下げの髪？」

「ホ　お前　いくつだ」
日本語と中国語は交叉せず　いたずらに飛び交うばかり
えらくケロッとした餓鬼だな
開拓村の子供だろうか
俺の子供も生れていればこれ位のかわいい小孫《ショウハイ》
開拓村の小屋からいろんなものを盗んだが
俺は子供のものだけは取らなかった
やわらかい布団は目が眩むほど欲しかったが
赤ん坊の夜具だったからそいつばかりは
手をつけなかったぜ
言葉は通じないまま
幾つかの問いと答えは受けとられぬまま
古く親しい伯父　甥のように
二人は水をはねちらした
りゅうりぇんれんはやっと気づく
いけねえ　子供は禁物　子供の口からすべてはひろがる

俺としたことがなんたる不覚！
それにしても不思議な子供だ
すっぱだかのまま　アッという間に木立に消えた

二匹の狼に会った
熊にも会った　兎や雉《きじ》とも視線があった
かれらは少しも危害を加えず
彼もまた獣を殺すにしのびなかった
りゅうりぇんれんの胃は僧のように清らかになった
恐いのは人間だ！
見るともなしに山の上から里の推移を眺めて暮した
山に入って二年あまり
畑で働いていたのは女　女　女ばかり
それから少しずつ男もまじった
畑の小屋に置かれるものも豊かになってゆくようだった
米とマッチを見つけたときの喜びは

ガキの頃の正月気分
鉄瓶もろとも攫ってきて
山のなかで細い細い炊煙をあげた
煮たものを食べるのは何年ぶりだったろう
じゃがいもは茹でられてこの世のものともおもえぬうまさ

それから更に何年かたち
皮の外套を手に入れた
ビニールの布も手に入れた
だが一年ごとに躰の方は弱ってゆく
十年たつと月日は数えられなくなり
家族の顔もおぼろになった
妻もおそらく他家へ嫁いだことだろう
たとえ生きていてくれても……
どの年だったか
この土地もひどい旱魃に見舞われて

作物という作物は首を垂れ
田畑に立って顔を覆う農夫の姿が望まれた
遠く　遠く
りゅうりぇんれんはいい気味だとは思わなかった
日本の農民も苦しいのだ
俺も生れながらの百姓だが
節くれだって衰えたこの手に
鍬を握れる日がくるだろうか
黒く湿った土の上に　ぱらぱらと
腰をひねって種を蒔く
そんな日が何時かはまたやってくるのだろうか

長い冬眠があけ
春　穴から出るときは
二日も練習すれば歩くことができたものだ
年とともに　歩くための日は

多く多く費され
二ヶ月もかけなければ歩けないほどに
足腰は痛めつけられていった
それはだんだんひどくなり
秋までかかって　ようやく歩けるようになった頃
北海道の早い冬はもう
粉雪をちらちら舞わせ
また穴の中へと　りゅうりぇんれんを追いたてた
獣のように生き
記憶と思考の世界からは絶縁された
獣のように生き
日本が海のなかの島であることも知らなかった
だが　りゅうりぇんれん
あなたにはみずからを生かしめる智慧があった

惨憺たる月日を縫い

あなたの国の河のように悠々と流れた
一つの生命
その智慧もからだも
しかし限度にきたようにみえた
厳しい或る冬の朝のこと
あなたはとうとう発見された
札幌に近い当別の山で
日本人の猟師によって
凍傷にまみれた六尺ゆたかな見事な男
一尺半のお下げ髪の　言葉の通じない変な男
絶望的な表情を滲ませて
「イダイ　イダイ」を連発する男
痛い　それは
りゅうりぇんれんの覚えていた　たった一ツの日本語だった
「中国人らしい」

スキーを穿いた警官は俄《にわか》に遠慮がちになった
りゅうりぇんれんは訝《いぶか》しむ
何故ぶん殴らないのだろう
何故昔のように引きずっていかないのだろう
麓の雑貨屋で赤い林檎と煙草をくれた
火にもあたらせてくれる「不明白《ブーミンパイ》」「不明白《ブーミンパイ》」
ワガラナイヨなにもかも
背広を着て中国語をしゃべる男が
沢山まわりを取りまいた
背広を着た同朋なんて！
りゅうりぇんれんは認めない
祖国が勝ったことをも認めない
困りぬいた華僑のひとりが言った
「旅館の者を呼んであなたの食べたいものを
　注文してごらんなさい
日本人はもう中国人をいじめることは

絶対にできないのだ」
りゅうりぇんれんは熱いうどんを注文した
頬の赤い女中がうやうやしく捧げもってきた
りゅうりぇんれんの固い心が
そのとき始めてやっとほぐれた
ひどい痛めつけられかただ
同朋のひとびとはまぶたを熱くし
湯気のなかの素朴な男を眺めやった

八路軍が天下を取って
俺たちにも住みいい国が出来たらしいこと
少しずつ　少しずつ呑込んでゆく頃
りゅうりぇんれんにはスパイの嫌疑がかかっていた
いつ来たのか
どこで働いていたのか
北海道の山々をどのように辿ったか

すべては朦朧と　答を出せなかったりゅうりぇんれん
札幌市役所は言った
「道庁の指示がないと何も手をつけるわけにはいかない」
北海道庁は言った
「政府の指示がなければ何も手をつけるわけにはいかない」
札幌警察署は言った
「我々には予算がない　政府の処置すべき問題だ」
政府は　この国の代表は
「不法入国者」「不法残留者」としてかたづけようとした

心ある日本人と中国人の手によって
りゅうりぇんれんの記録調査はすみやかに行われた
拉致使役された中国人の数は十万人
それらの名簿を辿り　早く彼の身分を証すことだ
スパイの嫌疑すらかけられている彼のために
尨大な資料から針を見つけ出すような

日に夜をつぐ仕事が始った
「行方不明」
「内地残留」
「事故死亡」
たった一言でかたづけられている
中国名の列　列　列
不屈な生命力をもって生き抜いた
りゅうりぇんれんの名が或る日
くっきりと炙出しのように浮んできた
「劉連仁　山東《シャントン》省　諸城《チュウチョン》県第七区紫溝《チャイコウ》の人
昭和十九年九月　北海道明治鉱業会社
昭和鉱業所で労働に従事
昭和二十年無断退去　現在なお内地残留」
昭和三十三年三月りゅうりぇんれんは雨にけむる東京についた
罪もない　兵士でもない　百姓を

こんなひどい目にあわせた
「華人労務者移入方針」
かつてこの案を練った商工大臣が
今は総理大臣となっている不思議な首都へ

ぬらりくらりとした政府
言いぬけばかりを考える官僚のくらげども
そして贖罪と友好の意識に燃えた
名もないひとびと
際だつ層の渦まきのなかで
りゅうりぇんれんは悟っていった
おいらが何の役にもたたないうちに
中国はすばらしい変貌を遂げていた
おいらが今　日本で見聞きし怒るものは
かつての祖国にも在ったもの
おいらの国では歴史のなかに畳みこまれてしまったものが

この国じゃ
これから闘われるものとして
渦まいているんだな

東京で受けた一番すばらしい贈物
それは妻の趙玉蘭と息子とが
生きているという知らせ
しかも妻は東洋風に二夫にまみえず
りゅうりぇんれんだけを抱きしめて生きていてくれた
息子は十四
何時の日か父にあい会うことのあるようにと
尋児《シュンアル》と名づけられていた
尋児《シュンアル》　尋児《シュンアル》
りゅうりぇんれんは誰よりも息子に会いたかった
三十三年四月

白山丸は一路故国に向って進んだ
かつて家畜のように船倉に積まれてきた海を
帰りは特別二等船室の客となって
波を踏んで帰る
飛ぶように
波を踏んで帰る
なつかしい故郷の山河がみえてくる
蓬来《フォンライ》　若かりし日　油しぼりをして働いたところ
塘沽《タンクー》
長い長い旅路の終り
十四年の終着の港

ひしめく出迎えのひとびとに囲まれ
三人目に握手した中年の女
それが妻の趙玉蘭
りゅうりぇんれんは気付かずに前へ進む

別れた時　二十三歳の若妻は三十七歳になっていた
りゅうりぇんれんは気付かずに前へ進む
「おとっつあん!」
抱きついた美少年　それこそは　尋児《シュンアル》
髪の毛もつやつやと涼しげな男の子
読むことも　書くことも
みずからの意志を述べることも
衆よりすぐれ　村一番のインテリに育っていた
三人は荷馬車に乗って
ふるさとの草泊《ツァオポ》村に帰った
ふるさとは桃の花ざかり
村びとは銅鑼や太鼓ならしてお祭のよう
連仁兄《リエンレンあに》いが帰ったぞう
行きあうひとの　ひとり　ひとり
その名を思いおこし　抱きあいながら家に入った
窓には新しい窓紙

オンドルには新しい敷物
土間で新しい農具は光り
壁に梅蘭芳の絵とともに
中国産南瓜のように親しみ深い
毛沢東の写真が笑って迎えた
りゅうりぇんれんは畑に飛び出し
ふるさとの黒い土を一すくい舌の先で嘗めてみた
麦は一尺にものびて
茫々とどこまでもひろがっている
その夜
劉連仁と趙玉蘭は
夜を徹して語りあった
一家の消長
苦難の歳月
再会のよろこびを
少しも損なわれてはいなかった山東訛で。

＊＊＊

一ツの運命と一ツの運命とが
ぱったり出会う
その意味も知らず
その深さをも知らずに
逃亡中の大男と　開拓村のちび

風が花の種子を遠くに飛ばすように
虫が花粉にまみれた足で飛びまわるように
一ツの運命と　一ツの運命とが交錯する
本人さえもそれと気づかずに

ひとつの村と　もうひとつの遠くの村とが
ぱったり出会う
その意味も知らずに

その深さをも知らずに
満足な会話すら交せずに
もどかしさをただ酸漿《ほおずき》のように鳴らして
一ツの村の魂と　もう一ツの村の魂とが
ぱったり出会う
名もない川べりで

時がたち
月日が流れ
一人の男はふるさとの村へ
遂に帰ることができた
十三回の春と
十三回の夏と
十四回の秋と
十四回の冬に耐えて
青春を穴にもぐって　すっかり使い果したのちに

時がたち
月日が流れ
一人のちびは大きくなった
楡《にれ》の木よりも逞しい若者に
若者はふと思う
幼い日の　あの交されざりし対話
あの隙間
いましっかりと　自分の言葉で埋めてみたいと。

〈附記〉資料は欧陽文彬著・三好一訳『穴にかくれて十四年』(新読書社刊)によっています。

ゆめゆめ疑う

泳ぐ　泳ぐ
抜手を切って豪快に
スタミナも衰えず
無限に泳ぐ
水の層の厚ぼったさも
からだにかかる抵抗も
鮮やかに刻印される　やはり私は泳げたんだ
泳げますとも
泳げないでか

さざなみ志賀のみずうみや　いや
沼らしい　恐いような緑だもの

『茨木のり子詩集』(現代詩文庫)

あ　金子さんだ！　金子さあん
金子光晴氏にキスをする
よほどきつかったとみえて
痛い！　と叫んで金子さんは
白けきって顔をそむけた
やにわに両足を摑み　逆さづりにして
その脛にやさしくやさしくキスをした
脛の毛がちょうどよい柔かさ
金子さんは嬉しそうに声たてて笑った

行きつけの街角
ここだ　ここだ
どうしてちっとも来れなかったのだろう
しゃれた店が幾つも並ぶ鋭角の通り
スイスかしら
峨々たる雪の山々が　遠くで鋭い

何度も買物をした　なつかしい街
浮き浮きして綺麗な紙や　小物を選ぶ

私に子供はないのだし
人間の未来なんて知っちゃいない
ジャングルを逃げまわり生きのびたって
あとわずか
百年生きたって人間は野茨の実をちょいとつまみ
跡かたもなく消え失せる名なしの鳥とかわらない
藤原道長さん
年表じゃあなたの全盛もたったの五センチに
すっぽり納まる　はかなさ　さ
ちょいと兄さん　酒もってこい！

目覚めれば　私はかなづち
金子様　夢のなかとはいえ

大変失礼をいたしました
　かの街角はいずこならん
誰かの記憶が紛れこんでいるらしい
　血のままで　説明なしに

仏頂面をして
溜りに溜った税金を役場まで収めにゆく
明日迄に収めなけりゃ電話その他を差押えると
きたもんだ
悪い道　ぬかるみち　バスに乗れば怪我は覚悟のうえの　道
やらずふんだくりとはこのことで
どうして　こうおとなしいんだろう　みんな
子供がいなくたって
人間の昨日今日明日にはかかわりますよ
執拗に

ああ　紫苑！　さびしい花だけれど
群がって咲いているのは　とても好き
まひるの頭とからだとが
正常のものと思い込んでいるけれど
けれど

ほうや草紙

――貘さんに――

茨木さんはもっと馬鹿げた詩を書くべきだよ
たとえばさ　自分のおしっこだってなんだって
谷川俊太郎氏はそういうのです
そんなこと自分はあんまりうたわないくせにです
呵々大笑しつつ　まったく別の日に
飯島耕一氏も同じようなことを言うのです

だからといういわけではけっしてなく
貘さんの詩をけんきゅうする必要が生じて
一つ残らず読んだところ
ああ　馬鹿馬鹿しくも　高貴な絶品が
惜しげもなく浜辺に散乱しているのを見つけました
おそまきながらファンになって
今にいたるまで新鮮にひかる貝
あなたの残したくさぐさを
めでながら　ひろいながら
一度も会わなかったことを悔みつつ
にわかにミミコさんに会いたい……
とはなったのです
探し探してのはて　お嬢さんは
同じ保谷の里　目と鼻のさきに
すこやかに起き伏ししているのがわかりました
三伏《さんぷく》の夏

お正月でも扇風機のいる沖縄もかくやと思われる日
二人はつれだって「武蔵野」という
中華料理店の門をくぐりました
なんとたわけた店でしょう
くらげを注文したら洋皿山盛一杯こんもりと
これを二人で食えというや
貘さんの詩のなかで青い桃のようなお尻を
むきだしにしたり
赤い鼻緒の小さな下駄で疎開先を闊歩して
「ネズミヤロウ」「ネコヤロウ」と
茨城弁を叫んでいた　かわいいミミコさんは
今や娘ざかりに成長して　あわてず　さわがず
さわやかに　こりり　こりりと音たてて
くらげを食《は》もうとはするのです
しゅうまいを食べ　鳥料理もたいらげ
それからなにやらもぱくついて

語り去り　語りきたって　不意に
私は長い間　ほほけて忘れていたものを
思い出しました
人生に対する鋭利なナイフ
若くて　それだけに深い虚無！
ミミコさんとお友達になりたい
でも年があまりに違いすぎるでしょうか
そんな思いを秘めてこちらの年を呟けば
「まだ若い！　若い！」
ときたのです
目鼻だちのはっきりとした南国系の一刀彫
ばねをかくしたしなやかなからだ
凛凛《りり》しいこころ
こんなひと　めったにいないぞ
すてきな花婿　天から降ってこい！
遠くから　それとなく　あなたの残した傑作を

さらってゆくひとを観察したい気分にしみじみなって
一本の煙草に火をつけたのです

抜　く

抜いたと感じる瞬間がある
抜こうと思っているわけではないのに
追いかけているわけでもないのに
人を抜いたと感じる瞬間の　いわんかたなき寂しさ

父を抜いたと感じてしまった夜
私は哭《な》いた　寝床のなかで　声をたてずに
枕はしとど
父の鼾を隣室に聴きながら

そういう瞬間を持ってしまう自分が
おお　とても　厭！
どうみたって　その人より　私が
たちまさるとは真実おもえないのに

しかし否むことは出来ないのだ
それは啓示のように
まるで誰かの居合抜きのように
見せられてしまう幾つかの断面だった

いつの日か
私もまた与えることができるだろうか
甥や姪らに　年若い友らに
このような刹那を
抜いたときには　確かにわかる

けれど
抜かれるときには　わからないらしいのだな

首吊

町で一人の医師だった父は
警察からの知らせで
検死に行かねばならなかった
娘の私は後についていった
父は強いて止めなかった
その頃の私ときたら自分の眼で　じかに
なんでも見ておきたい意欲で
はちきれんばかりだった
手術室にも入っていって
片足切断を卒倒もせずに見ていられることを

確めた
つきあっていた若い英文学者に話すと
「まるで肉屋のようですね」
唇をゆがめて外科手術を評したから
その英文学者はふってやった

海べの松林の　ほどよい松の木の
ほどよい枝に　首吊男は下っていた
そして頼りなげにゆれていた
よれよれの兵隊服で　かすかな風に
てるてる坊主のようにゆらめいて
彼は最初海へ入って死のうとしたのだ
ズボンが潮で　べとついている
ポケットには　ばら銭がすこうし
ゆうべ町の灯は一杯ついていたろうに
声をかけられる家は一軒としてなかったのか

死んだのは　食べもののことでも
お金のことでもなかったのだろうか
こわごわ見て　帰ってくると
母は怒って塩をぶっかけた
娘だてらに！　と叫んで

首吊を検視した父もまた死んだ
遠い昔の記憶なのに
この世の酷薄さをキュッとしぼって形にしたような
てるてる坊主は
時として　私のなかで　いまだにゆれる
ひとびとのやさしさのなかで
ひとびとのいたわり深さのさなかに

言いたくない言葉

心の底に　強い圧力をかけて
蔵《しま》ってある言葉
声に出せば
文字に記せば
たちまちに色褪せるだろう

それによって
私が立つところのもの
それによって
私が生かしめられているところの思念

人に伝えようとすれば
あまりに平凡すぎて

けっして伝わってはゆかないだろう
その人の気圧のなかでしか
生きられぬ言葉もある

一本の蠟燭のように
熾烈に燃えろ　燃えつきろ
自分勝手に
誰の眼にもふれずに

くりかえしのうた

日本の若い高校生ら
在日朝鮮高校生らに　乱暴狼藉
集団で　陰惨なやりかたで
虚をつかれるとはこのことか
頭にくわっと血がのぼる
手をこまねいて見てたのか
その時　プラットフォームにいた大人たち
父母の世代に解決できなかったことどもは
われらも手をこまねき
孫の世代でくりかえされた　盲目的に

田中正造が白髪ふりみだし
声を限りに呼ばはった足尾鉱毒事件
祖父母ら　ちゃらんぽらんに聞き　お茶を濁したことどもは
いま拡大再生産されつつある

分別ざかりの大人たち
ゆめ　思うな
われわれの手にあまることどもは
孫子の代が切りひらいてくれるだろうなどと
いま解決できなかったことは　くりかえされる
より悪質に　より深く　広く
これは厳たる法則のようだ

自分の腹に局部麻酔を打ち
みずから執刀
病める我が盲腸を剔出《てきしゅつ》した医者もいる

現実に
かかる豪の者もおるぞ

大国屋洋服店

バスが停ると
老人はゆっくり目をあげる
仕事の手をやすめ　乗り降りする客に
目を遊ばせる

バスが学園前で停ると
老いたおかみさんも　ゆっくり目をあげる
仕事の手をやすめ夫とともに
乗り降りする客を　見るともなく見ている

仕事は仕立屋
成蹊学園の制服を日がな一日作っているのだ
バスが停ると　私もバスの中から老夫妻をみる
見る者はまた　常に見られるものでもある

嫁さんらしい人をみかけることはない
まして　ちらりともみえぬ　息子　孫の類
身ぎれいな老媼と老爺から
簡素な今宵の献立までが浮んでくるようだ

二人は二羽の蝶のように
ひらひら視線を遊ばせて　目を変化させてから
バスが走り去ると　また無言で
こまかい仕事へと戻るのだ

浄福といってもいい雰囲気を

醸しだしている二人だが
彼らの姿を見た日には
なぜか　深い憂いがかかる

憂いのみなもとを突止めたいと
長いこと思い思いしてきたが
みどりしたたる欅《けやき》並木を横にみて
時五月　バス停り　風匂い　二人のまなざしに会ったときだ！

この国では　つつましく　せいいっぱいに
生きてる人々に　心のはずみを与えない
みずからに発破をかけ　たまさかゆらぐそれすらも
自滅させ　他滅させ　脅迫するものが在る

二人に欠けているもの
私にも欠けているもの

日々の弾力　生きてゆく弾み
みせかけではない内から溢れる律動そのもの

子供にも若者にも老人にも
なくてはかなわぬもの
その欠落感が
彼らの仕事の姿のなかにあったのだ

兄弟

〈じゅん子　兄ちゃんのこと好きか〉
〈すき〉
〈好きだな〉
　　〈うん　すき〉
〈兄ちゃんも　じゅん子のこと大好きだ

よし　それではっと……何か食べるとするか〉

天使の会話のように澄んだものが
聴えてきて　はっと目覚める
夜汽車はほのぼのあける未明のなかを
走っている
乗客はまだ眠りこけたまま
小鳥のように目覚めの早い子供だけが
囀《さえず》りはじめる

お爺さんに連れられて夏休みを
秋田に過しに行くらしい可愛い兄弟だった
窓の外には見たことのない荒海が
びしりびしりとうねりつづけ
渋団扇《しぶうちわ》いろの爺さんはまだ眠ったまま
心細くなった兄貴の方が

愛を確認したくなったものとみえる

不意に私のなかでこの兄弟が
一寸法師のように成長しはじめる
二十年さき　三十年さき
二人は遺産相続で争っている
二人はお互いの配偶者のことで　こじれにこじれている
兄弟は他人の始まりという苦い言葉を
むりやり飲みくだして涙する

ああ　そんなことのないように

彼らはあとかたもなく忘れてしまうだろう
羽越線のさびしい駅を通過するとき
交した幼い会話のきれはし　不思議だ
これから会うこともないだろう他人の私が

彼らのきらめく言葉を掬《すく》い
長く記憶し続けてゆくだろうということは

王様の耳

皆としゃべっているうちに
男たちのだんだん白けてゆくのがわかった
ある田舎での法事の席
気付けば満座は男ばかり
私一人が女であって
なにをか論じていたのであった
女たちは大きな台所で忙しく立ち働いている
私もちょこまかしなくちゃならないわけなんだが
船頭多くして船すすまずのありさまだから
悠悠の男たちのほうにまじっていたのだ

とりたてて生意気の論　ぶった覚えもないのだが
家父長連のこの尊大さのポーズはどうであろう
彼らの耳はロバの耳
見渡せば結構若いロバもいた
（驢馬よ　ゆるせ　これは比喩
　おまえたちの聴覚ははるかに素敵だろうと思うよ）

女たちは本音を折りたたむ
扇を閉じるように
行きどころのない言葉は　からだのなかで跋扈跳梁《ばっこちょうりょう》
うらはらなことのみ言い暮し
祇園の舞妓のように馬鹿づくことだけが愛される
老女になって　能力ある者だけが
折りたたんだ扇をようやくひらくことを許されるのだ
その権威は卑弥乎なみとなりおおせ
理不尽な命令にさえ　大の男が畏る

悲しいかなや　折りたたまれいしもの
　とりいだしたるとき黴はえて
　その古び　如何ともなしがたし
親戚の周子さんをつかまえて
この地方の男たちを罵倒すれば
古い家の重圧のもと苦労を重ねているこの人は
仄白い顔をかたむけて　さびしく笑う
　折にふれ　それは私も感じています
　なにかの感想を洩らせば
　ありうべからざることのように
　へえんな　いやあな顔されて
　　でも考えようで
　まだまだ私も若い証拠だと思って……
ムンクの「叫び」という一枚の絵に
ひどく惹かれると昔語ったこの人は
のどもとまで突きあげてくる叫びを

いまも圧し殺しつつ耐えているのか
女双六のあがりかた
いつまでも定石どうりとはいかないだろう
とまれ　私の出席したのは江戸中期の法事であったわ
男たち　白けなば　白けよ
言うべきことは　言わねばならぬ
私の住む都会では　こういうことはないのだが
だが　まて　しばし
一皮剝けば同じではなかったか
茶化し　せせら笑い　白け　斜にかまえ
鼻であしらうのが幾らか擬装されているにすぎぬ
女の言葉が鋭すぎても
直截すぎても
支離滅裂であろうとも
それをまともに受けとめられない男は
まったく駄目だ　すべてにおいて

そうなんだ
記憶の底を洗いだせば　既に二十五年は経過した
私の男性鑑別法その一に当ってもいた

箸

箸が流れよるのを見て
この川上には人が住んでいそうだな
上へ上へと遡ってみた素戔嗚尊《すさのおのみこと》の心は
なつかしい
へんに　なつかしい
追われて　荒んで
彼はよほどさびしかったんだろう
神話のなかに　ちらりあらわれ
いまもよるべく流れている箸

そこで出会った櫛名田姫《くしなだ》が
ほんとうに美麗だったことを祈ります

里芋ころころ
子供はあわてて箸つきたてる
軽わざのように至難のことを
毎日くりかえしているうちに
いつとはなしに修得する
二本の棒を操って　すべてのもの食《は》む術を

食膳の中味は変り
盛るうつわ　木の葉から多彩に変り
鍋かこむ人数変り
燃やすもの　あれよと変り
よくもまあ箸だけは何千年も同じ姿で
二本まっすぐ続いてきたものと　驚くのだが

誰もべつに驚くふうもない
しみじみと
わが箸みれば　はげちょろけ

箸文化圏のどんづまり
弓なりの島々に　また　秋が　きて
　　何億年目の秋なんだ？
しょっぱい漬物つまみあげ
渋茶を啜る信濃びと
杉箸を　ぱちん　と割って
なんのふしぎもなく
私も煮えている〈きりたんぽ〉のなかから
さまざまをひろいあげる
パンタロンなる　らっぱずぼんを穿いて
やたら怪気炎をあげている
またいとこの

受け皿へ

居酒屋にて

俺には一人の爺さんが居た
血はつながっちゃいないのに　かわいがってくれた
爺さんに小さな太鼓をたたかせて
三つの俺はひらひら舞った
ほんものの天狗舞いが門々に立つようになると
こぶしの花も咲きだして
ようやく春になるんだったよ

俺には一人のおふくろが居た
八人の子を育て　晩年にゃ五官という五官
すっかり　ゆるんではてて

ずいぶんと異な音もきかされたもんだっけが
おかしなおふくろさ
深刻なときも鼻歌うたう癖あってなあ

俺には一人の嬶《かか》が居た
どういうわけだか俺を大いに愛《め》でてくれて
いやほんと
大事大事の物を扱うように
俺を扱ってくれたもんだ
みんな死んでしまいやがったが
俺はもう誰に好かれようとも思わねえ
いまさらおなごにもてようなんざ
これんぽんちも思わねえど
俺には三人の記憶だけで十分だ！
三人の記憶だけで十分だよ！

へべれけの男は源さんと呼ばれていた
だみ声だったが
なかみは雅歌のようにもおもわれる

汽車はもうじき出るだろう
がたぴしの戸をあけて店を出れば
外は
霏霏《ひひ》の雪

いくばくかの無償の愛をしかと受けとめられる人もあり
たくさんの人に愛されながらまだ不満顔のやつもおり
誰からも愛された記憶皆無で尚昂然と生きる者もある

知

H_2Oという記号を覚えているからといって
水の性格　本質を知っていることにはならないのだ

仏教の渡来は一二一二年と暗記して
日本の一二〇〇年代をすっかり解ったようなつもり

人のさびしさも　悔恨も　頭ではわかる
その人に特有の怒髪も　切歯《せっし》扼腕《やくわん》も　目にはみえる
しかし我が惑乱として密着できてはいないのだ
知らないに等しかろう

他の人にとっては　さわれもしない
どこから湧くともしれぬ私の寂寥もまた

それらを一挙に埋めるには　想像力をばたつかせるよりないのだろうが
この翼とて　手入れのわりには
勁くなったとも　しなやかになったとも　言いきれぬ

やたらに
わかった　わかった　わかった　と叫ぶ仁《ひと》し
わたしのわかったと言い得るものは
何と何と何であろう

不惑をすぎて　愕然となる
持てる知識の曖昧さ　いい加減さ　身の浮薄！
ようやく九九を覚えたばかりの
わたしの幼時にそっくりな甥に
それらしきこと伝えたいと　ふりかえりながら
言葉　はた　と躓《つまず》き　黙りこむ

トラの子

氷雨のふる日に
金子光晴氏は初めて我が家を訪れた
狭心症の症状を語り
あと二、三年はもつでしょうかと問うた
医者である夫も答えようがない
したい仕事が多くあり
あと少々の寿命は欲しいところだという
すばらしい長距離ランナーを迎えて
ジュースやスポンジの代りに
抹茶をさわさわ泡だてれば
風流ですね と言いつつも
「僕は鼻がばかだからね

便所のなかで蕎麦くってみせてやるんだ」
「薬マニアだから　何でも飲んじゃう
畳の上にころがってるやつを
ポイと口にして　あとで見たら　これが
子宮収縮剤でね
薬のほうが驚いたろうと思うんだ
入ってはみたものの」
「いや　子宮といえども筋肉ですから
金子さんの筋肉のどこかは縮めたでしょう」
かかる珍問答の続いたあげく
シェーファーの太い万年筆を忘れていかれた
それは我が家の新聞入れの底に
知られず一週間　眠っていた
しばらくたって私が金子家を訪《おとの》うた
やはり寒い日

北むきの三畳間には硬炭《かたずみ》が律儀に燃えていた
黄色と茶色のおもいきり太い毛糸で
ざくざくと編んだセーターを着て
金子さんは可愛い虎の仔のように坐っている
「どうです この頃 やってますか?」
ときかれるのは つらい
やっていると言っても嘘になり
やっていないと言っても嘘になる
「無為にして 為さざるなし
このあやうい反語的世界を その本義において
エネルギッシュに生き抜いてみせてくれたのは
金子さんではありませんか
一九七〇年代においても それは可能か
可能であるとすれば どんな形でか
目下ひょいひょい そのことを
しかしかなり深いところで思案中です」

と言えば　いくらか正確な答になりそうだが
声に出せば気障《きざ》もいいところ
「えへへへ　怠けております」
と髪でもうしろにかきあげるよりない

忘れものを返して辞すとき
「どうぞ　そのまま」と言ったのに
金子さんはすっと立って玄関まで送りに出た
見れば下はウールの着物である
煉瓦いろのおこしのようなものも　ちらちら
その上にゆったりと虎のとっくりセーターである
マキシと言わんか
　（いやいやこの流行もたちまち古びてゆくであろう）
ならば脱俗というべきか
逸遊がふさわしいか
心のなかは唸り声でいっぱいで

帰ってから気を落ちつけて
よおく考えてみるに
彼は
日本の隠しておきたい大事なトラの子に
おもわれてきた

詩集と刺繍

詩集のコーナーはどこですか
勇を鼓して尋ねたらば
東京堂の店員はさっさと案内してくれたのである
刺繍の本のぎっしりつまった一角へ

そこではたと気づいたことは
詩集と刺繍
音だけならばまったくおなじ
ゆえに彼は間違っていない

けれど
女が尋ねたししゅうならば

『自分の感受性くらい』

刺繡とのみ思い込んだのは
正しいか　しくないか

礼を言って
見たくもない図案集など
ぱらぱらめくる羽目になり
既に詩集を探す意志は砕けた

二つのしじゅうの共通点は
共にこれ
天下に隠れもなき無用の長物
さりとて絶滅も不可能のしろもの

たとえ禁止令が出たとしても
下着に刺繡するひとは絶えないだろう
言葉で何かを刺しかがらんとする者を根だやしにもできないさ

せめてもとニカッと笑って店を出る

自分の感受性くらい

ぱさぱさに乾いてゆく心を
ひとのせいにはするな
みずから水やりを怠っておいて

気難かしくなってきたのを
友人のせいにはするな
しなやかさを失ったのはどちらなのか

苛立つのを
近親のせいにはするな
なにもかも下手だったのはわたくし

初心消えかかるのを
暮しのせいにはするな
そもそもが　ひよわな志にすぎなかった

駄目なことの一切を
時代のせいにはするな
わずかに光る尊厳の放棄

自分の感受性くらい
自分で守れ
ばかものよ

存在の哀れ

男には　男の
女には　女の
存在の　哀れ
一瞬に薫り　たちまちに消え

好きではなかったひとの
かずかずの無礼をゆるし
不意に受け入れてしまったりするのも
そんなとき

そんなときは限りなくあったのに
それが何であったのか
一つ一つはもう辿ることができない
誰かがかき鳴らした即興のハープのひとふしのように

くだまく呂律《ろれつ》　くしけずる手

後姿だったかしら　嘘泣きだったかしら
ひらと動いた視線　言の葉さやさや
それとも煎餅かじる音だったか

青梅街道

内藤新宿より青梅まで
直として通ずるならむ青梅街道
馬糞のかわりに排気ガス
ひきもきらずに連なれり
刻を争い血走りしてハンドル握る者たちは
けさつかた　がばと跳起き顔洗いたるや
ぐずぐずと絆創膏はがすごとくに床離れたる
　くるみ洋半紙
東洋合板

北の譽
　丸井クレジット
　　竹春生コン
　　　あけぼのパン
街道の一点にバス待つと佇めば
あまたの中小企業名
にわかに新鮮に眼底を擦過
必死の紋どころ
はたしていくとせののちにまで
保ちうるやを危ぶみつ
さつきついたち鯉のぼり
あっけらかんと風を呑み
欅《けやき》の新芽は　梢に泡だち
清涼の抹茶　天にて喫するは誰《た》ぞ
かつて幕末に生きし者　誰一人として現存せず
たったいま産声をあげたる者も

八十年ののちには引潮のごとくに連れ去られむ
さればこそ
今を生きて賑うつ者
不意にいとおし　声たてて
　鉄砲寿司
　柿沼商事
アロベビー
佐々木ガラス
宇田川木材
一声舎
ファーマシイグループ定期便
月島発条
えとせとら

二人の左官屋

きてくれた左官屋
長髪に口髭
白地に紺の龍おどる日本手拭何枚か使い
前あきの丸首シャツに仕立てて着ている
あちらこちらに鱗飛び
いなせとファッショナブル渾然融合
油断のならないいい感覚
足場伝いにやってきた彼
窓ごしにひょいと私の机を覗き
「奥さんの詩は俺にもわかるよ」
うれしいことを言い給うかな

十八世紀　チャイコフスキイが旅してたとき

一人の左官屋の口ずさむ民謡にうっとり
やにわにその場で採譜した
アンダンテ・カンタービレの原曲を
口ずさんでいたロシヤの左官屋
彼はどんななりしていたのだろう

波の音

酒注ぐ音は　とくとくとく　だが
カリタ　カリタ　と聴こえる国もあって
波の音は　どぶん　ざ　ざ　ざァなのに
チャルサー　チャルサー　と聴こえる国もある
澄酒《すみざけ》を　カリタ　カリタ　と傾けて

波音のチャルサー　チャルサー　捲き返す宿で
一人　酔えば
なにもかもが洗い出されてくるような夜です
子供の頃と少しも違わぬ気性が居て
哀しみだけが　ずっと深くなって

顔

電車のなかで　狐そっくりの女に遭った
なんともかとも狐である
ある町の路地で　蛇の眼をもつ少年に遭った
魚かと思うほど鰓《えら》の張った男もあり
鶫《つぐみ》の眼をした老女もいて

猿類などは　ざらである
一人一人の顔は
遠い遠い旅路の
気の遠くなるような遥かな道のりの
その果ての一瞬の開花なのだ

あなたの顔は朝鮮系だ　先祖は朝鮮だな
と言われたことがある
目をつむると見たこともない朝鮮の
澄みきった秋の空
つきぬける蒼さがひろがってくる
たぶん　そうでしょう　と私は答える

まじまじと見入り
あなたの先祖はパミール高原から来たんだ
断定的に言われたことがある

目を瞑ると
行ったこともないパミール高原の牧草が
匂いたち
たぶん　そうでしょう　と私は答えた

木の実

高い梢に
青い大きな果実が　ひとつ
現地の若者は　するする登り
手を伸ばそうとして転り落ちた
木の実と見えたのは
苔むした一個の髑髏である

ミンダナオ島

二十六年の歳月
ジャングルのちっぽけな木の枝は
戦死した日本兵のどくろを
はずみで　ちょいと引掛けて
それが眼窩であったか　鼻孔であったかはしらず
若く逞しい一本の木に
ぐんぐん成長していったのだ

生前
この頭を
かけがえなく　いとおしいものとして
掻抱いた女が　きっと居たに違いない

小さな顳顬《こめかみ》のひよめきを
じっと視ていたのはどんな母
この髪に指からませて

やさしく引き寄せたのは　どんな女《ひと》
もし　それが　わたしだったら……

絶句し　そのまま一年の歳月は流れた
ふたたび草稿をとり出して
嵌めるべき終行　見出せず
さらに幾年かが　逝く

もし　それが　わたしだったら
に続く一行を　遂に立たせられないまま

四海波静

戦争責任を問われて
その人は言った

そういう言葉のアヤについて
文学方面はあまり研究していないので
　お答えできかねます
思わず笑いが込みあげて
どす黒い笑い吐血のように
噴きあげては　止り　また噴きあげる

三歳の童子だって笑い出すだろう
文学研究果さねば　あばばばばとも言えないとしたら
四つの島
笑《えら》ぎに笑《えら》ぎて　どよもすか
三十年に一つのとてつもないブラック・ユーモア

野ざらしのどくろさえ
カタカタカタと笑ったのに
笑殺どころか

頼朝級の野次ひとつ飛ばず
どこへ行ったか散じたか落首狂歌のスピリット
四海波静かにて
黙々の薄気味わるい群衆と
後白河以来の帝王学
無音のままに貼りついて
ことしも耳すます除夜の鐘

幾千年

流沙に埋もれ
幾千年を眠っていて
ふいに寝姿あらわにされた
楼蘭の少女

花ひらかぬまにまなこ閉じ
金髪　小さなフェルト帽
ラシャと革とのしゃれた服
しなやかな足には靴を穿き

ミイラになってまで
恥じらいの可憐さを残し

『寸志』

身じろぐあなたから立ちのぼる
つぶやき

ああ　まだ　こんななの
たくさんの風
たくさんの星座のめぐり
たくさんの哀しみが流れていったのに

落ちこぼれ

落ちこぼれ
　和菓子の名につけたいようなやさしさ
落ちこぼれ
　いまは自嘲や出来そこないの謂《いい》
落ちこぼれないための

　ばかばかしくも切ない修業
落ちこぼれにこそ
　魅力も風合いも薫るのに
落ちこぼれの実
　いっぱい包容できるのが豊かな大地
それならお前が落ちこぼれろ
　はい　女としてはとっくに落ちこぼれ
落ちこぼれずに旨げに成って
　むざむざ食われてなるものか

落ちこぼれ
　結果ではなく
落ちこぼれ
　華々しい意志であれ

冷えたビール

冷えたビールは
むかしみんなの憧れだった
わずか二十年前
好きなときに好きなだけ取り出せて
うんと冷えたの　ぐっとやれたら
さぞかしそれは天国だろう
気づいたら
いつのまにやら現実で
朝っぱらから飲むひともあり
春夏秋冬　どの家にも
冷えたビール何本かが眠り
路上でさえ難なくカタリと手に入る
だが

ああ　天国！
おお　甘露！
しみじみ呻く者はいず
さほど幸せにもなれなかった

不老長寿も憧れだった
いにしえより薬草をもとめ
仙人ともなり錬金術にうつつを抜かし
人智を結集　追い求めたものが
身をよじるように焦《こが》れたものが
今や現実　平均寿命八十歳になんなんとする
助けて！
手に入れた玉手箱の実態に愕然
みんなやれやれと深い溜息
互いに顔を見合わせて
こんな筈じゃなかったな

苦い味

ひとがいるばかり
ただ　ひとびとがいるばかり
言葉が違い
風俗が違い
風や
雪や
陽の分量が違うくらい
夜になれば灯をともし
朝になれば働きに出
子を育て　死ぬ
やさしくされれば波紋のように嬉しさひろがり
辛くされれば忘れないぞと拳を固める

なんとまあ　似た者どうし
理想の国も
たちまちに風化
なにごとも永くは続かないのだ
だらけたり緊張したりが生物の呼吸なのだから
過去に釣瓶《つるべ》をおろし
ゆったりと一杯の水も汲みあげられない愚鈍さ
どんぐりの背くらべ
幼い者の教育なんて
どのつらさげて　どの国も
血まみれの手で
洗っても洗っても落ちない手で
とっくに子らに勘づかれてしまっているのに
進化したはずの尾骶骨から
ふさふさの尻尾
狡猾獰猛　政府という名の尻尾

性懲《しょうこり》もなく生えてきて
というよりぞろりみずから生やさしめ
尾っぽは雄たけび　民《たみ》が主《しゅ》と
どちらが頭やら尻尾やら
ひとがいるばかり
ただ　ひとびとがいるばかり
そのあたりまでは来ていながら
鳥や獣や魚にもはるかに劣る暮しぶり
彼らの無心
彼らの静謐にも及ばず
誰が言い始めたか　ひとを知的生物と
まだ水気たっぷりの地球で
四十五億人
呆れるほどの似たものどうし

笑って

ぽっかり明るい世界が　むこうに
長い長い隧道《とんねる》のむこうに　まあるく
さあ出るのだ
抜け出るのだ
野の花いちめんゆれにゆれ
風も吹いていてい匂い
光かがようあちらの世界へ
さあ

語ってくれるのは
死すれすれまで行って生き返ったひと
名前を呼ばれ
しつこく呼ばれ

引きもどされて
意識の戻る寸前まで苛々していたの
うるさいわねえ
ポンとひとつ背中を押してくれさえしたら
あちらのほうに行けるのに
ああ　莫迦ン！

不意によみがえる古い古い寓話
むかし西域に美しい娘がいたという
晋《しん》の王が遠征の途次
有無を言わせず馬上に掠奪
娘は嗚咽とどまらず襟もとしとど
どうされるのやら不安で
何処へ行くのやら皆目わからず
胡地《こち》忘じがたく　しおたれて
泣く泣く曳かれ　都に到れば

山海の珍味　着たい放題
王の夫人となって寵を得るや
「あら　こんなことなら　泣くんじゃなかったわ」
秋波　嫣然《えんぜん》　なまめいた
その名は驪姫《りき》
「おそらく　死もこういうものであるだろう」
かつて
どんな宗教書よりも慰められたことのある
荘子の視線

まさしくこちらこそ地獄なのでは
でなけりゃどうしてこんなにも
はらはらおたおたしなくちゃならぬ
時の車にいびられて
苦しみに翻弄されつくし
せいいっぱいに闘いもし

苦役完了
無罪放免
それなのに　なぜ？
名残惜しげに振りかえり振りかえり
逝くひとびとよ
猖獗《しょうけつ》きわめる蛮地でも
住み古りたゆえになつかしい？
いまだに苦役の残る身は
そのわからなさに向って呼びかける

ねえ
笑って！
あちらで
驪姫《りき》という娘のように
はればれと

聴く力

ひとのこころの湖水
その深浅に
立ちどまり耳澄ます
ということがない

風の音に驚いたり
鳥の声に惚《ほう》けたり
ひとり耳そばだてる
そんなしぐさからも遠ざかるばかり

小鳥の会話がわかったせいで
古い樹木の難儀を救い
きれいな娘の病気まで直した民話

「聴耳頭巾」を持っていた　うからやから
その末裔《すえ》は我がことのみに無我夢中
舌ばかりほの赤くくるくると空転し
どう言いくるめようか
どう圧倒してやろうか

だが
どうして言葉たり得よう
他のものを　じっと
受けとめる力がなければ

訪問

ひとつの言葉が

訪ねてきて
椅子に坐る
よォ!

わたしの頭のなかの
小さな椅子に
あるいは三つ四つ連れだってきて
ベンチに並ぶ　どこから来たのか
訝《いぶか》しいが　お茶などいれる
会話がはじまる
荒けずりだが　魅力がある
ちょっと　もてなす
あっというまに彼らの仲間は一杯だ
芋づる式にというか

言葉が言葉を呼び込んで
手品のように溢れかえる

傍若無人
かれらにとっての
つかのまの
鳩舎のように

音符がひとを訪れるときも
こんなふうなのかしら
かれらが来なかったら
わたしの胸の弦も鳴り出さなかった

いずこかへ
いっせいに飛び立ったあと
詩の一行が

出口を求めはじめる

賑々しきなかの

言葉が多すぎる
というより
言葉らしきものが多すぎる
というより
言葉と言えるほどのものが無い

この不毛　この荒野
賑々しきなかの亡国のきざし
さびしいなあ
うるさいなあ
顔ひんまがる

時として
たっぷり充電
すっきり放たれた日本語に逢着
身ぶるいしてよろこぶ我が反応を見れば
日々を侵されはじめている
顔ひんまがる寂寥の
ゆえなしとはせず

アンテナは
絶えず受信したがっている
ふかい喜悦を与えてくれる言葉を
砂漠で一杯の水にありついたような
忘れはてていたものを
瞬時に思い出させてくれるような

寸志

どこかで
赤ん坊が発声練習をしている
飽きもせず母音ばかりをくりかえし
鶯の雛のように
わたしもあんなふうにやったのだろう
アーチャンと母を呼んだのが
日本語発した最初だったらしいが
その時　仁義は切らなかった
〈これより日本語　使わせてもらいます〉とは
相続税も払わずに
ごくずんべらと我がものにした
オコウコ　ホーレンソウ　ド　ド　ドロップ

字が読めるようになると
夢中で言葉を拾い
精鋭　木蓮　仁和寺　朕
な　散り乱りそ　筒井筒
江口の里はどこかいな
少しづつ少しづつ　たまってきて
少しづつ少しづつ　ふりつもって
わたしの語彙がいま何千語なのか
何万語なのか計算できないほどなのに
どこからも所得税はかかってこない
は　と打ち驚けば　ぎっくり腰だ

生まれてきては　使い捨て
使い捨てられたものを　また拾い
拾ったものを惜しげもなくポイして
人は来り

人は去る
目には見えない堆積はくろぐろと
この上もなく豊かな腐蝕土で
どんな小っちゃな種子でさえ
発芽させないではおかないだろう

おおかたは足ばやに通りすぎて行く
生きることに懸命で
鋤《す》きかえしもせず
色も見ず
匂いも嗅がないで
でもそれは素敵なことかもしれない
意外にしゃれた殺し文句
ドス利いた台詞を突ったてたりしながら
まったく気づいていなかったりするのは
生まれたときが〈アーァ〉で

死ぬときがまた〈あーぁ〉で
遺言書ばやりなのに
〈我ガハナシ言葉譲渡ノ件〉という
分配書を託して逝ったひともなかった
陽や風や水のように
それなくては生きられないものが
もっとも忘れさられて
〈来る来る話　嘘じゃないの〉
ひっきりなしに　軽々と
チンケな葉っぱがふりつもる

味噌汁一年のまずとも
平気なやからも増えてきて
「いつからか
国土というものに疑いを持ったとき
私の祖国と呼べるものは

日本語だと思い知りました」*
なる名言放ったひとがなつかしまれ

ダイアル廻したが不在だった
スワヒリ語で暮すひとたちも
しかあらむ
と伝えたかった

母国語に
しみじみ御礼を言いたいが
なすすべもなく
せめて手づくりのお歳暮でも贈るつもりで
年に何回かは
詩らしきものを書かなくちゃ

*石垣りん著『ユーモアの鎖国』より

活字を離れて

時刻表もみない
新聞も読まない
まして本なんか!
活字に無縁でいると
頭の霧はれて
ひどく健やかになれることを
いくつかの旅が教えてくれた

眼鏡も持たず
カメラも持たず
みるともなしに視るものは
ひとしれず　ひっそり澄みわたるもの

『茨木のり子』(花神ブックス1)

ひたすらに咲いて　ただに散る花
古びた家をいっとき明るませている雛《ひいな》たち
黙っていながら
深沈として　奥深く　在るものら

一人は賑やか

一人でいるのは　賑やかだ
賑やかな賑やかな森だよ
夢がぱちぱち　はぜてくる
よからぬ思いも　湧いてくる
エーデルワイスも　毒の茸《きのこ》も
一人でいるのは　賑やかだ
賑やかな賑やかな海だよ

水平線もかたむいて
荒れに荒れっちまう夜もある
なぎの日生まれる馬鹿貝もある

一人でいるのは賑やかだ
誓って負けおしみなんかじゃない

一人でいるとき淋しいやつが
二人寄ったら　なお淋しい
おおぜい寄ったなら
だ　だ　だ　だっと　堕落だな

恋人よ
まだどこにいるのかもわからない　君
一人でいるとき　一番賑やかなヤツで
あってくれ

みずうみ

〈だいたいお母さんてものはさ
しいん
としたとこがなくちゃいけないんだ〉

名台詞を聴くものかな！

ふりかえると
お下げとお河童と
二つのランドセルがゆれてゆく
落葉の道

お母さんだけとはかぎらない

人間は誰でも心の底に
しいんと静かな湖を持つべきなのだ

田沢湖のように深く青い湖を
かくし持っているひとは
話すとわかる　二言　三言で

それこそ　しいんと落ちついて
容易に増えも減りもしない自分の湖
さらさらと他人の降りてはゆけない魔の湖

教養や学歴とはなんの関係もないらしい
人間の魅力とは
たぶんその湖のあたりから
発する霧だ

早くもそのことに
気づいたらしい
小さな
二人の
娘たち

部　屋

簡素な机
木の寝台
糸ぐるま
床の上にはたったそれだけ
植物の繊維を張った
二つの椅子は
かるがると
壁にぶらさげられていた
今までに見た
一番美しい部屋

『食卓に珈琲の匂い流れ』

不必要なものは何ひとつない
或る国のクェーカー教徒の部屋

わがあこがれ
単純なくらし
単純なことば
単純な　生涯

今もなお　まなかいに
ふわりと浮かぶ二つの椅子
濃密な空気だけを
坐らせていた

足　跡

銀杏《いちょう》のちる日
博物館のガラス越しに見る
粘土に押しつけられた小さな足形
長さ四センチばかりの幼児の足形
青森県六ケ所村《ろっかしょむら》出土
縄文時代後期
子供はギャアと泣いたかしら
にこにこ笑っていたかしら
乾いた粘土板を裸火で稚拙に焼いたあとも
その柔かさはなまなましく
むかしむかしの親たちも
愛らしい子の足形をとっておきたかったのだ
ひよこ豆五粒ならんだほどの指
なぜかじわりと　濡れてくるまぶたの裏

わたしにはかなしいことがあって

よれよれに泣き尽し
涙腺も凍結
感情も枯れ枯れで
心動かされることはなにひとつ無くなっていたのに
小さな足はポンと蹴ってくれた
わたしのなかの硬く痼《しこ》ったものを

それにしても
おまえは何処へ行ってしまったのだろう
三千年前の足跡を
ついきのうのことのように
残して

答

ばばさま
ばばさま
今までで
ばばさまが一番幸せだったのは
いつだった？

十四歳の私は突然祖母に問いかけた
ひどくさびしそうに見えた日に

来しかたを振りかえり
ゆっくり思いめぐらすと思いきや
祖母の答は間髪を入れずだった
「火鉢のまわりに子供たちを坐らせて
かきもちを焼いてやったとき」

ふぶく夕

雪女のあらわれそうな夜
ほのかなランプのもとに五、六人
膝をそろえ火鉢をかこんで坐っていた
その子らのなかに私の母もいたのだろう

ながくながく準備されてきたような
問われることを待っていたような
あまりにも具体的な
答の迅さに驚いて
あれから五十年
ひとびとはみな
掻き消すように居なくなり

私の胸のなかでだけ
ときおりさざめく
つつましい団欒

幻のかまくら

あの頃の祖母の年さえとっくに過ぎて
いましみじみと噛みしめる
たった一言のなかに籠められていた
かきもちのように薄い薄い塩味のものを

あいつ

〈あいつの言葉は腐っている！〉
人ごみのなかで　通りすがりに
吐き出すような台詞が耳朶を打った
あいつとは　どいつなのか　知らないが
私はただちに了解した　その内容もわからずに
〈そう　あいつの言葉は腐っている〉

なぜなら日々
腐った言葉に首まで漬かり
憤懣やるかたないのだから
自分の言葉にすらそれを感じ
身ぶるいすることがあるのだから
あいつが　どいつでも　おんなじだ

ある存在

大樹の根かたに
裸身をかくし
りょうりょうと笛を吹いているひと
ちらと見える頭には角が生え

半神半獣の痩せた生きもの
幼い頃一度だけ雑誌で見た絵
誰の絵ともわからずに
（ただの挿絵だったのかもしれない）
けれど
わたしは納得した
誰に教えられたのでもなく
　（こういう種族もいるのだ　たしかに）
以来彼はわたしのどこかに棲みついている
みにくくて
さびしくて
なつかしい存在
音色だけで　ひとびととつながるもの

総督府へ行ってくる

韓国の老人は
いまだに
便所《ピョンソ》へ行くとき
やおら腰をあげて
〈総督府《チョンドクプー》へ行ってくる〉
と言うひとがいるそうな
朝鮮総督府からの呼び出し状がくれば
行かずにすまされなかった時代
やむにやまれぬ事情
それを排泄につなげた諧謔と辛辣
ソウルでバスに乗ったとき
田舎から上京したらしいお爺さんが坐っていた

韓服を着て
黒い帽子をかぶり
少年がそのまま爺《じい》になったような
純そのものの人相だった
日本人数人が立ったまま日本語を少し喋ったとき
老人の顔に畏怖と嫌悪の情
さっと走るのを視た
千万言を費されるより強烈に
日本がしてきたことを
そこに視た

さくら

ことしも生きて
さくらを見ています

ひとは生涯に
何回ぐらいさくらをみるのかしら
ものごころつくのが十歳ぐらいなら
どんなに多くても七十回ぐらい
三十回　四十回のひともざら
なんという少なさだろう
もっともっと多く見るような気がするのは
祖先の視覚も
まぎれこみ重なりあい霞だつせいでしょう
あでやかとも妖しとも不気味とも
捉えかねる花のいろ
さくらふぶきの下を　ふららと歩けば
一瞬
名僧のごとくにわかるのです
死こそ常態
生はいとしき蜃気楼と

四行詩

珈琲一杯にも満たない銀貨で
オマル・ハイヤームのルバイヤートを買う
オマルとはまたなんという名前
全篇殆ど酒の詩《うた》　なぜかなつかしいペルシャの古歌

酒を忘憂物《ぼうゆうのもの》と名づけたのは
いつのころの　どんなひと
わが憂いは深くして　忘れさるすべもない
火酒《ウォッカ》であれ　老酒《ラオチュー》であれ　マッコルリであれ

こっちを引っぱれば　あっちが足りない
あちらにずらせば　こちらが欠ける

どうやってみても辻褄の合わない世界
子供のように矛盾のシーツひっぱりあって

ぼんやり過した一生
あぶはちとらずの人生
血まなこで何事をか追い求めた生涯
それらひとしなみに皆同じであったとしたら

生まれたときは何の痛みも知らず
けろりと二本足で立ったのに
逝くときのあまりにひどい肉体の刑罰
それはないでしょう　なんのための罠

心配しないで
死をしそんじた者は今までに一人もいない
千年も生きて流浪する

そんなおそろしい罰を受けた者も一人もいない
匿名で女子学生が書いていた
ある国の落書詩集に
「この世にはお客様として来たのだから
まずいものもおいしいと言って食べなくちゃ」

木は旅が好き

木は
いつも
憶《おも》っている
旅立つ日のことを
ひとつところに根をおろし
身動きならず立ちながら

花をひらかせ　虫を誘い　風を誘い
結実を急ぎながら
そよいでいる
どこか遠くへ
どこか遠くへ

『倚りかからず』

ようやく鳥が実を啄《ついば》む
野の獣が実を齧《かじ》る
リュックも旅行鞄もパスポートも要らないのだ
小鳥のお腹なんか借りて
木はある日　ふいに旅立つ――空へ
ちゃっかり船に乗ったのもいる

ポトンと落ちた種子が
〈いいところだな　湖がみえる〉
しばらくここに滞在しよう
小さな苗木となって根をおろす
元の木がそうであったように
分身の木もまた夢みはじめる
旅立つ日のことを

幹に手をあてれば
痛いほどにわかる
木がいかに旅好きか
放浪へのあこがれ
漂泊へのおもいに
いかに身を捩《よじ》っているのかが

あのひとの棲む国

――F・Uに――

あのひとの棲む国

それは人肌を持っている
握手のやわらかさであり
低いトーンの声であり

梨をむいてくれた手つきであり
オンドル部屋のあたたかさである
詩を書くその女《ひと》の部屋には
机が二つ
返事を書かねばならない手紙の束が山積みで
なんだかひどく身につまされたっけ
壁にぶらさげられた大きな勾玉《まがたま》がひとつ
ソウルは奨忠洞《チャンチュンドン》の坂の上の家
前庭には柿の木が一本
今年もたわわに実ったろうか
ある年の晩秋
我が家を訪ねてくれたときは
荒れた庭の風情がいいと
ガラス戸越しに眺めながらひっそりと呟いた
落葉かさこそ掃きもせず

花は立ち枯れ
荒れた庭はあるじとしては恥なんだが
無造作をよしとする客の好みにはかなったらしい
日本語と韓国語ちゃんぽんで
過ごしかたをさまざまに語り
こちらのうしろめたさを救うかのように
あなたとはいい友達になれると言ってくれる
率直な物言い
楚々とした風姿

あのひとの棲む国

雪崩のような報道も　ありきたりの統計も
鵜呑みにはしない
じぶんなりの調整が可能である
地球のあちらこちらでこういうことは起っているだろう

それぞれの硬直した政府なんか置き去りにして
一人と一人のつきあいが
小さなつむじ風となって

電波は自由に飛びかっている
電波はすばやく飛びかっている
電波よりのろくはあるが
なにかがキャッチされ
なにかが投げ返され
外国人を見たらスパイと思え
そんなふうに教えられた
私の少女時代には
考えられもしなかったもの

鄙ぶりの唄

それぞれの土から
陽炎《かげろう》のように
ふっと匂い立った旋律がある
愛されてひとびとに
永くうたいつがれてきた民謡がある
なぜ国歌など
ものものしくうたう必要がありましょう
おおかたは侵略の血でよごれ
腹黒の過去を隠しもちながら
口を拭って起立して
直立不動でうたわなければならないか
聞かなければならないか
　私は立たない　坐っています

演奏なくてはさみしい時は
民謡こそがふさわしい
さくらさくら
草競馬
アビニョンの橋で
ヴォルガの舟唄
アリラン峠
ブンガワンソロ
それぞれの山や河が薫りたち
野に風は渡ってゆくでしょう
それならいっしょにハモります

〽ちょいと出ました三角野郎が
八木節もいいな
やけのやんぱち　鄙《ひな》ぶりの唄

われらのリズムにぴったしで

お休みどころ

むかしむかしの　はるかかなた
女学校のかたわらに
一本の街道がのびていた
三河の国　今川村に通じるという
今川義元にゆかりの地

白っぽい街道すじに
〈お休みどころ〉という
色褪せた煉瓦いろの幟《のぼり》がはためいていた
バス停に屋根をつけたぐらいの
ささやかな　たたずまい

無人なのに
茶碗が数箇伏せられていて
夏は麦茶
冬は番茶の用意があるらしかった

あきんど　農夫　薬売り
重たい荷を背負ったひとびとに
ここで一休みして
のどをうるおし
さあ　それから町にお入りなさい
と言っているようだった
誰が世話をしているのかもわからずに

自動販売機のそらぞらしさではなく
どこかに人の気配の漂う無人である
かつての宿場や遍路みちには

いまだに名残りをとどめている跡がある
「お休みどころ……やりたいのはこれかもしれない」

ぼんやり考えている十五歳の
セーラー服の私がいた
今はいたるところで椅子やベンチが取り払われ
坐るな　とっとと歩けと言わんばかり

＊

四十年前の　ある晩秋
夜行で発って朝まだき
奈良駅についた
法隆寺へ行きたいのだが
まだバスも出ない

しかたなく
昨夜買った駅弁をもそもそ食べていると
その待合室に　駅長さんが近づいてきて
二、三の客にお茶をふるまってくれた

ゆるやかに流れていた時間

駅長さんの顔は忘れてしまったが
大きな薬缶《やかん》と　制服と
注いでくれた熱い渋茶の味は
今でも思い出すことができる

時代おくれ

車がない

ワープロがない
ビデオデッキがない
ファックスがない
パソコン　インターネット　見たこともない
けれど格別支障もない

　そんなに情報集めてどうするの
　そんなに急いで何をするの
　頭はからっぽのまま

すぐに古びるがらくたは
我が山門に入《い》るを許さず
（山門だって　木戸しかないのに）
はたから見れば嘲笑の時代おくれ
けれど進んで選びとった時代おくれ
　もっともっと遅れたい

電話ひとつだって
おそるべき文明の利器で
ありがたがっているうちに
盗聴も自由とか
便利なものはたいてい不快な副作用をともなう
川のまんなかに小船を浮かべ
江戸時代のように密談しなければならない日がくるのかも

旧式の黒いダイアルを
ゆっくり廻していると
相手は出ない
むなしく呼び出し音の鳴るあいだ
ふっと
行ったこともない
シッキムやブータンの子らの

襟足の匂いが風に乗って漂ってくる
どてらのような民族衣装
陽なたくさい枯草の匂い

何が起ろうと生き残れるのはあなたたち
まっとうとも思わずに
まっとうに生きているひとびとよ

倚りかからず

もはや
できあいの思想には倚《よ》りかかりたくない
もはや
できあいの宗教には倚りかかりたくない
もはや

できあいの学問には倚りかかりたくない
もはや
いかなる権威にも倚りかかりたくはない
ながく生きて
心底学んだのはそれぐらい
じぶんの耳目
じぶんの二本足のみで立っていて
なに不都合のことやある

倚りかかるとすれば
それは
椅子の背もたれだけ

笑う能力

「先生　お元気ですか
我が家の姉もそろそろ色づいてまいりました」
他家の姉が色づいたとて知ったことか
手紙を受けとった教授は
柿の書き間違いと気づくまで何秒くらいかかったか

「次の会にはぜひお越し下さい
枯木も山の賑わいですから」
おっとっと　それは老人の謙遜語で
若者が年上のひとを誘う言葉ではない

着飾った夫人たちの集うレストランの一角
ウェーターがうやうやしくデザートの説明

「洋梨のババロワでございます」
「なに　洋梨のババア？」

若い娘がだるそうに喋っていた
あたしねぇ　ポエムをひとつ作って
彼に贈ったの　虫っていう題
「あたし　蚤《のみ》かダニになりたいの
そうすれば二十四時間あなたにくっついていられる」
はちゃめちゃな幅の広さよ　ポエムとは

言葉の脱臼　骨折　捻挫のさま
いとをかしくて
深夜　ひとり声たてて笑えば
われながら鬼気迫るものあり
ひやりともするのだが　そんな時
もう一人の私が耳もとで囁く

「よろしい
お前にはまだ笑う能力が残っている
乏しい能力のひとつとして
いまわのきわまで保つように」
はィ　出来ますれば

山笑う
という日本語もいい
春の微笑を通りすぎ
山よ　新緑どよもして
大いに笑え!

気がつけば　いつのまにか
我が膝までが笑うようになっていた

ピカソのぎょろ目

ピカソのぎょろ目は
一度見たら忘れられないが
あのひとはバセドウ病だったに違いないと
つい最近になって気がついた
私も同じ病気にかかり
ものみなだぶったり歪んだりして見える
複視となって焦点がまるで合わない
ピカソのキュービズムの元は
これだったかと　へんに納得してしまったのだ
立体を平面に描くための斬新な方法とばかり思っていたのに
ある時期　彼は
ものみなずれて　ちらんぱらんに見えたに違いない
女の顔も

それを一つの手法にまで高めたのだ

敵らしきものが入ってくると
からだは反応して免疫をつくるのだが
敵が入って来もしないのに
何をとち狂ったか
自分のからだをやっつける誤作動の指令
自己免疫疾患
甲状腺ホルモンがどばどばと出て
眼筋までが肥大して眼球を突出させてしまうらしい

ピカソへの不意の親近感
小さな発見におもわれて
美術史専門の数人に尋ねてみた
「どこかにそういう記載はありませんか?」
みんな

「さあ……」
といぶかしげ

若い時に発病するものなのに
今ごろになってこんなものが出てくるとは
「私のからだはまだ若いということでしょうか？」
冗談まじりに尋ねると
「そう思いたければ
　そう思っていてもいいでしょう」
と　若い医師は真面目に答えた

水の星

宇宙の漆黒の闇のなかを
ひっそりまわる水の星

まわりには仲間もなく親戚もなく
まるで孤独な星なんだ

生まれてこのかた
なにに一番驚いたかと言えば
水一滴もこぼさずに廻る地球を
外からパチリと写した一枚の写真

こういうところに棲んでいましたか
これを見なかった昔のひととは
線引きできるほどの意識の差が出てくる筈なのに
みんなわりあいぼんやりとしている

太陽からの距離がほどほどで
それで水がたっぷりと渦まくのであるらしい
中は火の玉だっていうのに

ありえない不思議　蒼い星
すさまじい洪水の記憶が残り
ノアの箱船の伝説が生まれたのだろうけれど
善良な者たちだけが選ばれて積まれた船であったのに
子子孫孫のていたらくを見れば　この言い伝えもいたって怪しい

軌道を逸れることもなく　いまだ死の星にもならず
いのちの豊饒を抱えながら
どこかさびしげな　水の星
極小の一分子でもある人間が　ゆえなくさびしいのもあたりまえで

あたりまえすぎることは言わないほうがいいのでしょう

草

草の戸　草屋根　草枕
摘草　草餅　草団子
草書　草案　草稿　草創
草庵　草堂　草木染
道草　干草　草千里
草履《ぞうり》　草鞋《わらじ》　草双紙
草苞《くさづと》　草摺《くさずり》　草かげろう
草相撲　草野球　草競馬
草いきれ
草臥《くたび》れる
草獣の地
草木も物言う

草木も眠る丑三つ時
草木成佛
草木塔

草々

草の字つくものはみな好きで
思いつくまま呟けば
気分は　シィンと　落ちついてくる
草に馴染んで生きてきた
見も知らぬ遠い祖先の
日々の暮し　日々のやつれも
見えがくれ
ならば
ちょっと目を離したすきに
たけだけしく繁茂する
庭の雑草も佳しとしなければならないか

ただただ仇《かたき》とばかりは思わないで

行方不明の時間

人間には
行方不明の時間が必要です
なぜかはわからないけれど
そんなふうに囁くものがあるのです

三十分であれ　一時間であれ
ポワンと一人
なにものからも離れて
うたたねにしろ
瞑想にしろ

不埒《ふらち》なことをいたすにしろ

遠野物語の寒戸《さむと》の婆のような
ながい不明は困るけれど
ふっと自分の存在を掻き消す時間は必要です

所在　所業　時間帯
日々アリバイを作るいわれもないのに
着信音が鳴れば
ただちに携帯を取る
道を歩いているときも
バスや電車の中でさえ
〈すぐに戻れ〉や〈今　どこ?〉に
答えるために

遭難のとき助かる率は高いだろうが

電池が切れていたり圏外であったりすれば
絶望は更に深まるだろう
シャツ一枚　打ち振るよりも

私は家に居てさえ
ときどき行方不明になる
ベルが鳴っても出ない
電話が鳴っても出ない
今は居ないのです

目には見えないけれど
この世のいたる所に
透明な回転ドアが設置されている
無気味でもあり　素敵でもある　回転ドア
うっかり押したり
あるいは

不意に吸いこまれたり
一回転すれば　あっという間に
あの世へとさまよい出る仕掛け
さすれば
もはや完全なる行方不明
残された一つの愉しみでもあって
その折は
あらゆる約束ごとも
すべては
チャラよ

五月

なすなく
傷ついた獣のように横たわる
落語の〈王子の狐〉のように参って
子狐もなしに
夜が更けるしんしんの音に耳を立て
あけがたにすこし眠る
陽がのぼって
のろのろと身を起し
すこし水を飲む
樹が風に
ゆれている

『歳月』

その時

セクスには
死の匂いがある
新婚の夜のけだるさのなか
わたしは思わず呟いた

どちらが先に逝くのかしら
わたしとあなたと

そんなことは考えないでおこう
医師らしくもなかったあなたの答

なるべく考えないで二十五年

銀婚の日もすぎて　遂に来てしまった
その時が
生木を裂くように

夢

ふわりとした重み
からだのあちらこちらに
刻されるあなたのしるし
ゆっくりと
新婚の日々よりも焦らずに
おだやかに
執拗に
わたくしの全身を浸してくる

この世ならぬ充足感
のびのびとからだをひらいて
受け入れて
じぶんの声にふと目覚める

隣のベッドはからっぽなのに
あなたの気配はあまねく満ちて
音楽のようなものさえ鳴りいだす
余韻
夢ともうつつともしれず
からだに残ったものは
哀しいまでの清らかさ

やおら身を起し
数えれば　四十九日が明日という夜
あなたらしい挨拶でした

千万の思いをこめて
無言で
どうして受けとめずにいられましょう
愛されていることを
これが別れなのか
始まりなのかも
わからずに

お経

ふるさとのお墓に入るとき
寺でお経があげられた
僧二人　揃いも揃った音痴であって
朗々と声張りあげればあげるほど
調子はずれて収拾つかず

集まった親族は笑いをこらえるのに苦しむ
くくく
切ない鳩のような声が洩れ
さざなみのようにひろがってゆく
さすがに私は笑えないが
同情は禁じえない

日本海に面した海のみえる寺
子供の頃からあなたの慣れしたしんだ寺
きけば僧の一人は中学時代の先輩とか
こんなお経はめったに聴けるものじゃございません
なによりも威風堂々がよろしくて
なつかしいひとびとの忍び笑いにつられて
いちばん笑ったのは
音感の鋭いあなただったかも……
そんな姿が見えるようで

「なんとも不謹慎なことでした」
「失礼をば……」
あとで皆に謝まられたけれど
「いいえ、ちっとも……」
ひぐらしがいい声で鳴いていた

道づれ

あなたが逝った五月
一月《ひとつき》あとの六月に
金子光晴さんが逝きました
健脚の金子さんはきっと追いついたでしょう
「やァ　先生！」
ポンとあなたの肩をたたき
「あ、金子さん！」

とあなたは先生もつけないで　へどもど
落語にくわしい金子さんは
地獄八景亡者戯《じごくばっけいもうじゃのたわむれ》をひとくさり
「空々寂々《くうくうじゃくじゃく》　まさにあれとおんなじ風景」
なんて喜んで
あなたもようやく米朝独演会できいた
シュールな話を思い出す
二人とも共に残してきた女房のことには
一切ふれず
いつのまにか金子さんは
共に行くひとびとの主役になっていて
はつらつ無類
「へええ　六道の辻ってこんななの？
だったらもっと書きようもあったってぇもンだ」
未完の詩集『六道』のこととは
誰一人気づかない

詩はたぶらかしの最たるもの
地獄落ちは決まったようなものだが
首謀者　金子光晴はさまざま画策
生前の彼のボキャブラリイを借りるなら
それこそ
「地獄を茶にして」
さんざからかい
するりするり
一九七五年の初夏《はつなつ》の頃　道づれになった誰彼を
みさかいもなく引きつれて
カラッとした世界へ出ていったようだ
とてつもなく蒼いイノセントの世界へ

部分

日に日を重ねてゆけば
薄れてゆくのではないかしら
それを恐れた
あなたのからだの記憶
好きだった頸すじの匂い
やわらかだった髪の毛
皮脂なめらかな頬
水泳で鍛えた厚い胸廓
兀字型のおへそ
ひんぴんとこぶらがえりを起したふくらはぎ
爪のびれば肉に喰いこむ癖あった足の親指
ああ　それから
もっともっとひそやかな細部
どうしたことでしょう
それら日に夜に新たに
いつでも取りだせるほど鮮やかに

形を成してくる
あなたの部分

駅

朝な朝な
渋谷駅を通って
田町行きのバスに乗る
北里研究所附属病院
それがあなたの仕事場だった
ほぼ　六千五百日ほど
日に二度づつ
ほぼ　一万三千回ほど
渋谷駅の通路を踏みしめて

多くのひとに
踏みしめられて
踏みしめられて
どの階段もどの通路も
ほんの少し　たわんでいるようで
このなかに
あなたの足跡もあるのだ
目には見えないその足跡を
感じながら
なつかしみながら
この駅を通るとき

峯々のはざまから
滲み出てくる霧のように
わが胸の肋骨《あばら》のあたりから
吐息のように湧いて出る

哀しみの雲烟《うんえん》

夜の庭

匂い 流れて
はじめて気づく
花々の咲きそめを
庭に一本の金木犀

粒々の花は
クリームいろから鬱金《うこん》へと
たちまちに色を変え
惜しげもなく妖しい芳香を放ち出す
ぼんやりのところがあったあなたは

ヘアトニックとシェービングローションを
ひんぴんとまちがえて
ふりかける人でもあったから

夜気に漂よう馥郁《ふくいく》の花の匂いに誘われて
あの世とこの世の境の
透明な秋の回転扉を押して
ふらり　こちら側にあらわれないでもない

セルの着物を着て
あれ？
というように
髪をかきあげながら

それと気づいても
こちらはそしらぬ顔

驚かさないようにさりげなく
語りかけるでしょう　昨日の続きのように

ねぇ　いつのまにか
こんなに大木になっていっぱいの花
植えた頃は　五つ六つと花を数えてばかりいたのに
ほら　こんなにいっぱいに散りしいて

隙をみて
やおらあなたの兵児帯《へこおび》をしっかり摑み
いっしょにくるりトンボを切って
今度こそいっしょに行くのです

こちらから　あちらへと
ささやかなこの庭のどこかに
そんな回転扉が隠されているようで

去りやらぬ　夜の庭

恋　唄

肉体をうしなって
あなたは一層　あなたになった
純粋の原酒《モルト》になって
一層わたしを酔わしめる

恋に肉体は不要なのかもしれない
けれど今　恋いわたるこのなつかしさは
肉体を通してしか
ついに得られなかったもの

どれほど多くのひとびとが

潜って行ったことでしょう
かかる矛盾の門を
惑乱し　涙し

一人のひと

ひとりの男《ひと》を通して
たくさんの異性に逢いました
男のやさしさも　こわさも
弱々しさも　強さも
だめさ加減や　ずるさも
育ててくれた厳しい先生も
かわいい幼児も
美しさも
信じられないポカでさえ

見せるともなく全部見せて下さいました
二十五年間
見るともなく全部見てきました
なんて豊かなことだったでしょう
たくさんの男《ひと》を知りながら
ついに一人の異性にさえ逢えない女《ひと》も多いのに

急がなくては

急がなくてはなりません
静かに
急がなくてはなりません
感情を整えて
あなたのもとへ
急がなくてはなりません

あなたのかたわらで眠ること
ふたたび目覚めない眠りを眠ること
それがわたくしたちの成就です
辿る目的地のある　ありがたさ
ゆっくりと
急いでいます

なれる

おたがいに
なれるのは厭だな
親しさは
どんなに深くなってもいいけれど
三十三歳の頃　あなたはそう言い

二十五歳の頃　わたしはそれを聞いた
今まで誰からも教えられることなくきてしまった大切なもの
おもえばあれがわたしたちの出発点であったかもしれない

狎れる　馴れる
慣れる　狃れる
昵れる　褻れる
どれもこれもなれなれしい漢字

そのあたりから人と人との関係は崩れてゆき
どれほど沢山の例を見ることになったでしょう
気づいた時にはもう遅い
愛にしかけられている怖い罠

おとし穴にはまってもがくこともなしに
歩いてこられたのはあなたのおかげです

親しさだけが沈澱し濃縮され
結晶の粒子は今もさらさらこぼれつづけています

(存在)

あなたは　もしかしたら
存在しなかったのかもしれない
あなたという形をとって　何か
素敵な気《き》がすうっと流れただけで

わたしも　ほんとうは
存在していないのかもしれない
何か在りげに
息などしてはいるけれども

ただ透明な気《き》と気《き》が
触れあっただけのような
それはそれでよかったような
いきものはすべてそうして消え失せてゆくような

古　歌

古い友人は
繃帯《ほうたい》でも巻くように
ひっそりと言う
「大昔から人間はみんなこうしてきたんですよ」

素直に頷く
諦めきれないことどもを
みんななんとか受けとめて

受け入れてきたわけなのですね

今ほど古歌のなつかしく
身に沁み透るときはない
読みびとしらずの挽歌さえ
雪どけ水のようにほぐれきて

清冽の流れに根をひたす
わたしは岸辺の一本の芹
わたしの貧しく小さな詩篇も
いつか誰かの哀しみを少しは濯《あら》うこともあるだろうか

歳　月

真実を見きわめるのに

二十五年という歳月は短かったでしょうか
九十歳のあなたを想定してみる
八十歳のわたしを想定してみる
どちらかがぼけて
どちらかが疲れはて
あるいは二人ともそうなって
わけもわからず憎みあっている姿が
ちらっとよぎる
あるいはまた
ふんわりとした翁《おきな》と媼《おうな》になって
もう行きましょう　と
互いに首を締めようとして
その力さえなく尻餅なんかついている姿
けれど
歳月だけではないでしょう
たった一日っきりの

稲妻のような真実を
抱きしめて生き抜いている人もいますもの

〈附記〉詩集『歳月』は、作者の没後、二〇〇七年二月に刊行された。本書に収録した作品のうち、「(存在)」は、作者が遺した原稿自体にはタイトルが付されていなかったが、幸いにも作品とともに保管されていた作者自筆の目次のメモに、「存在」と書き記されていたので、本書ではそれを仮のタイトルとし、括弧書きで示した。

拾遺詩篇（詩集未収録作品）

『茨木のり子全詩集』所収
「「スクラップブック」*から」より

*雑誌には掲載されたが詩集には未収録の作品が、詩人の没後スクラップブックにストックされているのが発見された。『茨木のり子全詩集』には、こうしたスクラップブック六冊分の「拾遺詩篇」が収録されている。

いさましい歌

お待ち
いまに息の根をとめてあげる
がりがりとたうきびでもかじりたい日だ
だまって
私の言ふとほりにおなり

お前はけふミケランヂェロの俘虜さ

たくましい肢体をしばりあげられ
馬のやうにけいれんする
心ふるふばかり美しい私の…。

手綱をにぎり
さあ行かうペガススのやうに
蒼穹《ママ》のはての
あをいあをい透明の世界へ
あたしの髪は煙のやうになびき
お前のたてがみは時空の風を切って飛ぶ

沼の妖気よさようなら

栗色の髀肉よ　もっと走れ
捉はれのお前に鞭をあて
まっしぐらにかける
あああたしはアマゾンの女王だ
　　わたしのアヒレスよ
　　　わたしのアヒレスよ

お前の鼓動が哀れに乱れ
お前の翼が折れさうになればなるほど

わたしの鞭は空中で鳴るのだ

岩石を駆け
雲を飛び
星の光度に射られながら
いとしい人よ
あたしは愛した

めくるめくほむらの照明
喘ぎの音符
夜のしじまのホリゾント

そこで主役になりきった白熱の姿態は
こはくのやうに澄みきって
見えない祭壇に捧げられ
消えやうもなく定着されたと知る。

おおどれ位たったといふのか……
あたしはお前の背中にゆられて行った……
お前は笑ってゐたやうだった……
乳母が子供をあやすやうに……。

（一九五〇年九月「詩学」）

三月の唄

わたしの仕事は褒めること
リラの花を　ジャスミンを
眠そうな海
開く窓
遠く行く船
ふとる貝

わたしの仕事は褒めること
おしゃれなちびや
野を焼く匂い
子供のとかげ
伸びる麦
奔放なむすめの舌たらずな言葉

六月の山

山にきて
海の響きを
きいてしまうのはなぜだろう

夏も雪を頂く高峰から　ゆくりなく
貝の化石が発掘されたりするせいか

とまれ水晶の風に吹かれ
時空の一点に立つとき
われわれは小さな小さなてんとう虫だ

（一九五九年三月「花椿」）

微少さへの認識が
これほど爽快につきささってくる場所が
他にあるだろうか

遠くこだまする笑い声で
若い娘たちのいるのがわかる
母たちには許されていなかったことが
いまは
やさしく許されている

山にのぼる　美しいむだ
山にのぼる　美しいむだ

（一九六〇年六月「山と高原」）

五月の風は

一年の歳月を耐えしのんでいたものが
いっせいに花ひらく眩しさ
五月の風は
なぜか私を羞恥にそめる
人間のつくるものは
鼻唄まじりどうしてこんなに雑なのだろう
ひとむらの
わすれなぐさの花のいろ
それさえ長い月日をかけて水色に咲きこぼれ
ちり紙のように使いすてた
わたしの一日一日は
薫風のなかにひらひらあらわれ
みっともなく照れている

（一九六二年五月十日「北海道新聞」）

四月のうた

暮しを離れること
暮しを　ふっと
離れてしまうこと
それが大切なのさ
そんな瞬間を持てない奴は
語るにたりない

ひらりと身をかわし
一羽の蝶が落してゆく
レポ

春の呪文

山小屋のスタンプ

山にきて
私は私をとりもどしました
街はなぜか
私を塵あくたのように惨めにします
今日
凄味のある夕陽を見送りました
今日
生きなかった者は
明日も
遂に生きないだろう

（一九六五年四月「装苑」）

燃えて燃えて
夕陽は哲学者のように沈みました
杏《あんず》いろから
あざみの花の紫へ
雲を　刻々　染めながら

それを選んだ

退屈きわまりないのが　平和
単調な単調なあけくれが　平和
生き方をそれぞれ工夫しなければならないのが　平和
男がなよなよしてくるのが　平和
女が溌剌としてくるのが　平和

（一九六六年八月「装苑」）

好きな色の毛糸を好きなだけ買える
眩しさ！
ともすれば淀みそうになるものを
フレッシュに持ち続けてゆくのは　難しい
戦争をやるより　ずっと
見知らぬ者に魂を譲り渡すより　ずっと
けれど
わたくしたちは
それを
選んだ

（一九六六年十月「装苑」）

通らなければ

幼い頃
わたしは勇気りんりんの子供だった
大人になったら
こわいものなしになる筈だった
気づいたら
やたらに　こわいものだらけになっていて
まったく
こんな筈じゃなかったな
よくものが見えるようになったから
というのは　うぬぼれ
人を愛するなんてことも何時《いつ》のまにやら
覚えてしまって
臆病風はどうやら　そのあたりからも

吹いてくるらしい
通らなければならないトンネルならば
さまざまな怖れを十分に味わいつくして行こう
いつか　ほんとうの
勇気凜凜《りんりん》になれるかしら
子供のときとは　まるで違った

（一九六九年四月「いずみ」）

こわがらない

一芸に闌《た》けた人は
物をこわがらない
老練の仕立屋は
おそれげもなく高価な布をザキザキ切る
突き抜けた画家は

純白の画布の前でたじろがない
鼻唄まじりの落書きにみえる
すぐれた外科医のメスは
静かにすばやく暗がりのお医者さんごっこのように何気ない
フルートの名人の
無雑作な第一音　霞くうほどの
魅力ある俳優は
空間をこわがらない　むしろ空間が俳優に吸いこまれ
一点の火となって燃える
おそるべき慎重さは消されたように見えず
大胆不敵さばかりが
さっと波立ってみえるのだ

一つの道を窮《きわ》めたひとには
物のほうが嬉々として吸いついてゆく
いいチームのサッカーのボール

陶芸家の手にまつわりついてゆく陶土
腕のたつ大工の削った板はぴたと吸いつく二枚
むかし飛驒にはそんな大工がごろごろいた
皿まわしの大皿は棒に接着剤でもついているように粘る
鯉とりまーしゃんにはなんとした
鯉のほうが抱かれたがる

物か人かの間《あわい》
あれは何だろう
知らずに物を吸いつかしむる渋い華やぎ
あれは何だろう
ともに上等のセクシュアルな眺め
私の使うものは言葉だ
私は言葉をこわがらないか？
否
私は持っているだろうか？

知らず言葉たちをひきよせる磁場を
否　否
未だしの歎きとともに
こわがらない人達を呆然と視る

（一九七一年五月「詩学」）

かの名称

目　耳　鼻　口　手　足　腹　臍……
彼らは大手を振って歩いている
同じからだなのに　臍の下だけ困るのだ
そこだけ隠語めいて　むにゃむにゃ……
英語　ドイツ語　漢語で代用され
方言で笑われて
いやなものを一杯くっつけてきてしまった

なりなりてなりあまれるところ一つあり
なりなりてなりあわさざるところ一つあり
五、六世紀以前の日本人は卑猥さをもって遇しない
とびきりのセンスを持っていたのだが
いかんせん長すぎて現代には通用しない

生涯ごまかして暗示だけで
かの名称を避けて通ることもできる
ほほ　ゆび　つめ　ひざ　もも　と同じく
爽やかに新たな名をつけてやることもできるだろう
とはいえ
諸君　諸嬢
後者は一大課題だ　難問だ

（一九七一年八月「ＮＨＫ中学生の勉強室」）

詩

昔のひとが
はた　と風の音に驚いて
さらさらと歌に詠んでくれたので
今のひとも気づくのだ
昨日と今日の風の違いに　はたと

たくさんの詩人が日本の秋をうたってきた
詩の耳目を通して
秋を感じてしまっているのを
私たちは忘れている
それはいいことだ

詩人の仕事は溶けてしまうのだ

民族の血のなかに
これを発見したのはだれ？　などと問われもせず
ひとびとの感受性そのものとなって
息づき　流れてゆく

（一九七一年十月「ＮＨＫ中学生の勉強室」）

みかんの木

むかし
四国のお姫さまが
信濃の国へ嫁入りしたとき
ふるさとの杏《あんず》の木を持ってきて植えた
信濃がいまも杏の産地なのは
そのせいであるという

むかしばなしに習い
わたくしも
一人の男と結婚したとき
ふるさとの蜜柑の木を一本持参
関東では根づくかしらとあやぶんでいると
七年目にかわいい実をつけたのだった

橘《たちばな》の実は　雪ふる日にも　常緑の葉かげに輝いて
みち行く人をも　たのしませる
近くの小学校から理科の先生に引率されて
子供たちもやってくる「皆さん　これが蜜柑の木です」
二列に並んだ小さな目玉らに　まっすぐ観察され
蜜柑は照れて　いっそう赤味を増してゆく

（一九七一年十二月「ＮＨＫ中学生の勉強室」）

麦藁帽子に

〽麦藁帽子に　トマトを入れて
抱えて歩けば　暑いよ　おでこ
たら　らら　らら　らン
たら　らら　らら　らン

小学校に入ったばかりの頃
先生が最初に教えてくれた唄
それには振りもついていて
おでこを　ぴしゃぴしゃ叩いたり
おもいきり足をあげたりするのだった
へんな唄
おかしな唄
突拍子もなく思い出して

ひとりで うたう

〽麦藁帽子に トマトを入れてぇ……

だんだん愉快になってきて
それから日本史年表を繰ってみる
昭和八年――私の小学校一年生
小林多喜二が虐殺されていた！

（一九七二年九月「いずみ」）

灯

人の身の上に起ることは
我が身にも起りうること

よその国に吹き荒れる嵐は
この国にも吹き荒れるかもしれないもの

けれど想像力はちっぽけなので
なかなか遠くまで羽ばたいてはゆけない

みんなとは違う考えを持っている
ただそれだけのことで拘束され

誰にも知られず誰にも見えないところで
問答無用に倒されてゆくのはどんな思いだろう

もしも私が　そんな目にあったとき
おそろしい暗黒と絶望のなかで

どこか遠くにかすかにまたたく灯が見えたら

それが少しづつ近づいてくるように見えたら
どんなにうれしくみつめるだろう
たとえそれが小さな小さな灯であっても
よしんば
目をつむってしまったあとであっても

(一九九三年十二月「アムネスティ人権報告」)

《対談》美しい言葉を求めて

茨木のり子
大岡　信

最初は戯曲からです

大岡　ぼくは「櫂」のグループに、だいぶ遅れて入れてもらったんだけど、そのころはちょうど詩劇づくりの呼び声が高く、『櫂詩劇作品集』などというものも作ったりしたわけですけれど、当時、茨木さんは一方では戯曲を書くことに強い希望を持っていたと思うんですね。

残念なことに原稿がなくなっちゃったそうだけど、最初に書いた作品というのは戯曲で、読売新聞の募集に応募して佳作になったという話ですね。

茨木　はい。

大岡　戯曲を書くにあたっては、形を作り出す意志というものが大いに必要ですが、ぼくが興味を持つのは、茨木さんが、最初に、なぜそんなに戯曲に関心を持ったか、ということですね。

なにか芝居を見て感動したとか、戯曲作品を読んで感動したとか、それともそうでなくて、なにか本能的に戯曲的なものを——茨木さんの戯曲性というのは、詩の作り方にもよく感じられるんですけれど、二つのものを対立的に扱うか、それとも二つの似たもの、共通要素を持つものを並列していくか、その二つの方法をしばしば詩の中で使っているんですね。そういう意味で演劇性というものを初めから追求しようとして、それがそういう形で詩の中に出て来た、ということになるのか、そのあたりのことを話していただきたいと思います。

茨木さんは戦争中たしか専門学校の薬学部に。

茨木　ええ薬学部です。戦後大学になりましたが。

大岡　その当時の専門学校の教育の中では、戯曲を講義するとかいうことは……

茨木　とんでもない。化学の講義ばかりですよ。芝居も新国劇を見たくらい。戦争中ですから。ただ、子供時代には宝塚ファンで、よく見ました。亡くなった母が好きでしたから。私も夢中になって。舞台の魔力はまず宝塚から。やがて戦争が激しくなって、宝塚も軍国ものばかり、それさえなくなって私の学生時代なんていうのは、もうほとんど何もなかった暗黒時代です。本なんかも古本屋へ行って買うものとばかり思ってました。新刊本なんて考えられもしない。それが戦後すぐに、燎原の火のごとく、というか演劇界というものが一時にぱっと燃えあがったんですね。今考えても不思議な現象。やがてサークル演劇も盛んになって。

大岡　そうですね。

茨木　それがまた、田舎の青年団の果てまで演劇熱に浮かされた時期がありましてね。わたしは戦後すぐの新劇の第一回公演から見てるんです。

大岡　それは東京まで出て来て？

茨木　いいえ、まだ学生時代で東京にいたんです。

大岡　あ、そうか。学生時代ね。

茨木　銀座の焼跡をね、下駄でガラガラ歩いてたんです。下駄しかなくて。それで一番最初は前進座の「ツーロン港」、戦争中のレジスタンス劇だったですね。

大岡　そうそう、作者はフランスの小説家でしたね。

茨木　それが最初。原泉さんが若くてきれいだった。それからあと、イプセンの「人形の家」。あとはダァーッと新劇ばかり見て歩いたんですけど……

だから、一つには時代的な風潮があります。もう一つには、若い時って自分の中にさまざまの矛盾葛藤があるじゃありませんか。どれが自分なのかわからない。その葛藤に形を与えるのに戯曲は一番ふさわしい形式に思えたわけね。そういう自分の内的な欲求と二つの契機があったんでしょう。

大岡　なるほどね。その場合、戦争中は暗黒時代だったということがあるために、戦後になって、ある意味でもう一度青春を生き直すということに結局なったわけでしょう。もちろん戦後も青春なんだけど、「わたしが一番きれいだったとき」という詩にあるように、十代の半ばすぎ、つまりハイティーン時代というのが、完全に戦争にとられちゃった。

茨木　そうですね、まあ。

大岡　そういうことからくる青春奪回の意志というものが、茨木さんの場合には、世代的にも特別に強いと思うのね。

茨木　そうだと思います。男性だって、或る陥没を成している世代ですよ。ろくに勉強してないんですから。

大岡　ぼくらの場合は、茨木さんよりほんのちょっと下なんだけど、中学三年の時までが軍需工場で、三年の夏に敗戦でそういう状態が一気にひっくり返って、今までよかったものが悪い、悪かったものがいいということになった。ある意味でいえば少し早めにそれが起きたから、十五歳から以後は、青春をまさに生きることができる、という状態になった……。

茨木　四歳年下ね。あの頃の四、五年の差って大きい。

大岡　物資は極端に欠乏していてもね、精神的な意味ではバラエティーのある時代だったわけです。

ぼくなんかも、今茨木さんがおっしゃった、新劇がいわゆる専門劇団から村の青年団まで、という時代を見ていますから、なにか大事なものをとられちゃったという、口惜しさというふうなものはないわけです。茨木さんの場合、それが詩の中で、大きな発想のバネの一つになっているように思うんです。

茨木　それは、前に『人名詩集』の解説でも書いて下さったけど、あまり意識的でもないけれど、かなり無意識の部分であるんだろうなあという気がします。大岡さんの場合は、もう死ななくても済んだ、という意識がパアッときたということ書いてらした。男の子だからそこは当然死を考えただろうし……。

大岡　ぼくらの同級生でも、軍の学校へ行ったのが何人かいましたね。ぼくは、死ぬのは嫌でたまらなかった。そういう意味では、戦争中、自分がなぜ死んでもいいという気持になれないのか、という自責の念、恥ずかしさはすごくありました。

茨木　ああ。

大岡　「お国のためならば死んでもいい」というふうなことを、少年でも顔にあらわさなきゃならないような時代でしたが、ぼくは漠然としてはいたけれど、文学とか言葉の作品、そういうものの大事さがあるっていうことを何となく感じていたから、まだ死にたくない、という気持があったんですけど、茨木さんの場合は、女性だから、もう一つそこのところが複雑だと思うのね。

茨木　ええ。

大岡　結局女性の場合には後続部隊というか、男の連中が出で立ってゆくのを見送って、口もとまで出てくる悲しみや喜びを全部押しかくして、外には出さない、という形だったでしょう。そこからくる抑圧された思いというのが、戦後になって爆発するわけですけれど、女の人の多くは、風俗、つまりファッション的なもので戦争中の抑圧を解放する。また、恋愛もね。さまざまだと思うんですが、茨木さんの場合は、むしろ稀なケースですね。つまり、言葉というものに初めからぶつかった、という人は、あの当時まだ少なかった。

茨木　ええ、何よりもまず自分のしっかりした言葉がほしいと思った。変わってたかもしれませんね。

与謝野晶子的ですね

大岡　あのころ他の同世代の人で、戯曲を書く女性の仲間みたいな人はなかったんでしょ。

茨木　ええ。一人もいませんでした。

大岡　だから、そのあたりがちょっと、独特だと思うんです。

茨木　大岡さんを羨ましいと思うのは、中学生の時にすでに同人雑誌の経験があって、クラスメートで集まるということがあったわけでしょ。私の場合、田舎の女学校でしたし、その上は薬学部であったことで、周囲にまるっきりそういう雰囲気がなかったわけです。だからいつでも独りでした。「櫂の会」に入って初めて仲間ができたというか……。

大岡　与謝野晶子的なのかな。

茨木　え、え、え、どういう意味？

大岡　与謝野晶子は女学校もろくに行っていないと思うんですよね。少女時代は独りで親から与えられた源氏物語とかそういう本を読んで、頭の中はそういう世界でいっぱいになっていた。かなり明治の新しい時代——ほんとうに新しい時代というのは三十年代に始まっていると思いますけれど——そこへちょうどぶつかったから、古くから貯えられていたものと、一番新しいものとがぶつかって、その瞬間に爆発した。そのあとで与謝野寛さんを通じて仲間ができてくるでしょう。そういう意味では茨木さんの体験というのは、明治の青春を生みだした何人かの女流詩人たちなどと近いんだなあ。

明治時代でいうと明治十年までの内乱の時代が戦中で、その後内乱を収束しながら新しい社会を摸索していく、まだ揺れ動いている時代が戦後すぐの時代でしょうね。そのあとに出てくる、二十年代の半ばごろからが、明治の新しい浪漫主義の時代です。与謝野晶子はその時に堺の町で、ひとりで目がさめて、ひとりぼっちで書いた。それが新しい時代を切り開くという形になったんですね。

そういう時、男の場合は大体初めから仲間を作るんですけど、女の人はつくれない。

茨木　今はそうでもないかもしれません。時代的にかつてはそうだったけれど。

大岡　現代でも、女性の場合はかなりむつかしいんじゃないかしら。女性だけの同人雑誌もかなり増えてきてますけどね。

万葉集をよく読みました

茨木　いまドラマの話になったんですが、その前に、私の少女時代には、それこそ新刊本は無くて、読むものは古典くらいしかない。だから万葉集なんてよく読みましたよ、くりかえし。

大岡　ああ、そうですか、やっぱりね。

茨木　十代の後期——十七歳位の時。戦争中だったから「み民《たみ》われ生ける験《しるし》あり」とか、「醜《しこ》の御楯《みたて》と出で立つわれは」などがもてはやされたわけですね。私はむしろ、若いから恋歌とか東歌に夢中になっていましたけど、ただ、学校で万葉集なんて習った覚えはないんですよね。教科書には古今集の十首くらい。万葉集は入っていなかったんです。

大岡　へーえ、それはユニークな教科書だったんだね。

茨木　それでね、私は自分で買って読んだ。武田祐吉編の、ザラ紙で印刷も悪いすさまじい製本のですが未だに愛着があって捨てられないんです。それを持ってお嫁に来て、まだあるけれど。

大岡　それも一人で発見したということですね。恋歌といえば、巻の一に出てくる額田王あたりから始めるということになりますね。

茨木　大岡さんみたいに学問的ではなくて、こちらはまことに気儘ないい加減な読み方だったですけど、楽しんだというか……本が乏しいというのは熟読することで別の効用もあるんですね。

大岡　ぼく、学問的じゃないですよ。楽しみを学問的に見せかける術を、一生懸命に編み出しているんでして……(笑)。

ぼくなんかも、そういう点では同じようなところがあって、万葉集なども学校で教わったことはすっかり忘れちゃって、自分で読んでて、これはおれ一人が発見したんだと思って、そういうところから入っていくというふうでした。やっぱり古典なんて、それしか読みようがないんですよね。

茨木　至れり尽せり教えられるよりいいと思う。

大岡　そうすると、万葉集などに惹かれたということが、茨木さんの中の古代的なものへのある種のあこがれといった……

茨木　どうも古代に惹かれがちの気質がありますね、昔から。

大岡　それは分析的に言うとどういうことでしょうか。古代にあこがれるというのは、つまり、人間のいのちが、もっとも汚れていない状態で発現していた時代へのあこがれというふうな、そういうことですか。

茨木　以前ロールシャッハ・テストをして下さった馬場禮子さんが分析して下さったんですが、私は現代人としてまことに素朴だという判定が出ました。「屈折がない。それにもかかわらず非常に古代的なイメージへの憧憬がある。ということは、さらに一層、素朴さや原始的なものに惹かれる傾向がある」ということを言って下さったんですよ。

大岡　馬場さんの精神分析に対して、茨木さん自身はどういう感じが起きますか。

茨木　当っているんじゃないですか。

大岡　当っている。そう。

詩で断言する裏側は？

大岡　茨木さんの場合、詩の中で断言することが多いでしょう。それに、男の立場でいうと、例えば……「王様の耳」の中で、恐ろしい言葉をお書きになっているわけですよね。つまり、何というか、女たちとの対比においてね。

茨木　ええ。恐ろしいですか？

大岡　「支離滅裂な女たちの言葉を、まともに受けとめることができない男はだめだ」って。あれを読んで、ぼくは、全世界の男はみんな駄目なんじゃないかと思ったわけですね。

茨木　あら。私から言わせれば、大岡さんは女の支離滅裂的言辞をちゃんと受けとめることのできる人。例はひかえますが、自信のある男性は皆そうですよ。ところが非常にまともに受け取って下さったようなところがあって……(笑)。

大岡　ただいまのお言葉は非常にありがたいし、おっしゃる所もよく分かるんですけどね、ああいう形で、スパッと歯切れのいい言葉が断言的に出てくる、そういう女性は稀だと思うんですね。

　だから発言にあいまいなものの無いような女性が出てくると、素朴で単純ということにもなるんでしょうけど、もうひとつ言えば、そういうふうにしか言えないわけではない筈だから、もう少し別の、そこに言葉として表現されてない部分が、茨木さんには当然あるわけですよね。

茨木　ええ。

大岡　そういうところからも言葉が押し出されて、ぐーんと突き出てきているわけだけれど、その裏側の世界というのが、むしろぼくには興味があるわけね。つまり、そこまでいくと、おそらく馬場さんなどが、もう一度分析してみたいと思うようなところが出てくるかもしれない、という気がするんですけど。

ただ、こういうのはね、ご本人自身がそれをどういうふうに考えているかっていうことが問題ですね。あんまり素朴でもないなんてことになるかもしれませんが、どうでしょう。

茨木 素朴ですよ。なにごとによらず複雑怪奇は苦手ですもの。お脳はかなり弱い。弱いといえばそうねえ……気持の弱さとか?

大岡 そう。弱さとか、ためらいとか、人間関係についても、スパッと最終的にはなかなか割り切れないものとか、後ろ髪を引かれ、未練を残しながら、こういう人間関係は否定しなければならないと悩んでいるとか、いろいろあるんじゃないかという気がするんですけど。

茨木 ありますよ。人並み以上に悩んでます、それは。

大岡 人と人とのつきあいの面で、もやもやした関係になりそうな時に、いち早くそれを感じてスパッと切ってしまうのか。それとも、ある程度は我慢してつきあうか、ということにもなるんですよね。

茨木 切るときもあるけど、まあだいたい我慢してつきあう方ですね。

大岡　でしょう？　相当曖昧模糊としたものへの許容性があると思う。茨木さんはずいぶん我慢強い人で、ほんとうは我慢に我慢してきたところがある。

茨木　そうねえ、人はたいてい許せてしまうんですね、個人は。

大岡　それが逆に自分自身をも切って捨てるみたいなつもりで、スパッと断言的な物いになるというところがあるんじゃないかな。

茨木　反動かもしれませんね。それにね、やっぱり詩の場合は、極力単純でありたいという意識がどこかにあるんですよね。

大岡　あ、それは一つお聞きしたいですね。

茨木　単純にすっきりさせたい。モヤモヤや悶々をそのまま出したくないんですね。だってほかの人の作品を読むときでも、単純な言葉で深いことを言えてるものが最高と思いますもの。それから、さっきの弱さをあんまり出したくないということを、自分で分析しますと、戦後すぐのころ、当時は過去のものは全部否定的でしたよね。そういう風潮にも影響されたと思うんですけど、日本の詩歌の伝統も「淋し、侘《わび》し」の連続でいかにも弱々しいという思いがわっときた。もっと強くて張りのある詩が書かれるべきであると自分なりに考えたらしいんですね。

それで、これから詩を書くのなら、日本詩歌の伝統に欠けたるところを埋めて行きたいとナマイキにも思ったんです。それが未だに尾を引いているのかな、という感じがするんですけどね。

でも、最近の詩はわりと弱々しく、暗くなってきたんじゃないかと思うんですけれど……。

大岡　そうですね、それはまあ、ぼくなどから見ると好ましき新しき変貌といったような感じがしますけどね。

茨木　そうですか、じゃ安んじてそうなろう(笑)。

文台おろせば即反古也

茨木　あ、この間、ちょっとお手紙に書いたんですが、あれ届きました?

大岡　はい、いただきました。

茨木　大岡さんの詩集『草府にて』の感想で書いたことですが、大岡さんの場合には言葉を捨てるというところがあるでしょう。放下する、というか……。

大岡　そうです。放《ほ》かしちゃうの、ほんとに。

茨木　放かしちゃうっていうのは方言でしょう? いいナ。そういうところが自分にまるきりないから、やはり惹かれるんですね。こちらの方は凝縮しちゃうし、キューッと結晶させる方にばかりゆく。まあ書いてゆく以上、すこし変わりたいという気持が強いですけれど。

大岡　ぼくの詩は逆に、茨木さんの詩のもっている論理性の明確な、目的意識のはっきりした、そういうところが表に出ないような詩ですから、もっとざっくりと、切れ味のいい一本の刀で、スパッと対象を切っているような、そういう詩を書きたいという気持は逆にあるんですよ。最近の詩で短い断言的な詩を時々書くのは、そういうことへの憧れがあると思うんです。その場合、ぼくの詩は長くならないで短くなってしまうんですね。一種の御託宣みたいに(笑)。

茨木　いえ、ならないです。どんな命令形で書いても御託宣には。大岡さんの場合。

大岡　そういう方向にいきそうな気がするのね。だけど、もう一方ではおしゃべりな詩も書いているから、いつでもぼくは分裂していますけど、まあ全体としていえば、今茨木さんが言われたように、言葉をあるところまで持っていって、それから先は、お前が勝手に歩いて行ききな、って放り出しちゃってるところがあるんです。

茨木　そうなの。ふっとね、私は言葉を大切にしすぎる、こだわりすぎる、過保護ママ的と思わせられる。

大岡　ぼくの場合には、論理性は非常に大事だけれども、最終的に感覚的な判断で言葉というものをつかんでいるところがあると思うんです。それでそこまでいくと自分の感覚だけで書いているけど、最終的には、この感覚というものはたいして信用できないから、他の人達の感覚でどう読まれるかわからない。その曖昧なところでぽーんと言葉を放り出してしまうんですね。だからわかりにくい詩って思われるんですけれど。

茨木　そりゃそうよ、難しい。意味が通ることを嫌ってるみたいだし。若い時なさったシュールレアリズム研究の影響もまだあるし。それにね、大岡さんの学の広さと深さに追いつける人そうないから、同等のレベルならハハハハと喜んじゃう箇所だって、わからないから不機嫌そうに通りすぎられてしまう。そういう点では西脇順三郎さんと似てるとも思うけど。

それにね、芭蕉が言ったという「文台おろせば即反古也」、反古なんて言いながら、凄く気迫のこもった言葉だとおもうけど、大岡さんもこういう気持あるでしょう?

大岡　あります。言葉は自分だけのものじゃない、という考え方が強いからね、自分自身で最後まで言いおおせちゃうと、これは押しつけがましくなる。押しつけがましいことも、ぼくは場合によっては嫌いではないけどね。詩の場合に、ぼくとそれを読んでくれるであろう他の人とのちょうど真中へんに、詩が漂う感じになるといいなって……。

言語っていうものを、自分自身に固有のものと思わない、という気持が、ますます強くなっていく。それで思うんですが、芭蕉などのものを読み、他方では外国の現代詩なんか読むでしょ。外国の現代詩を読んで、ほんとうにわかっているのか、わかっていないのか、そりゃやっぱりわかっていないと思うんですよ。ところが、実際にむこうの人がやってきて、そういう詩人と話をしますね。仮にその人が英語やフランス語でない他の国の言葉で書いている場合、その人はぼくの詩の英訳されたものを読み、ぼくはその人の詩が英語かなにかに訳されたものを読むわけです。お互いに間接的なものでしか理解しあえないんだけど、にもかかわらず、ある人の詩を、ぼくにはわかる、どこか自分に近いと思っていると、むこうもそういうことがあるんです。

実はこの間、オクタヴィオ・パスというメキシコの詩人が来て、ぼくの英語に訳された詩を読んで、君の詩はぼくの詩と近いんでびっくりした、女房もそう言っていた、と言うんです。両方とも翻訳の詩を読みあってそう言ってるんです。だけど話をしてみるとね、一時間なら一時間しゃべるでしょ。すると詩についての共通した好みがあることがわかるから、やっぱりどこかで共通点があるんだろうなって思えるわけね。そういう経験をすると、言葉というのは何だろうと思う。翻訳でもむしろある種のものが伝わってしまうということが、言葉のある意味の恐ろしさを示すものではないかと思えてくる。つまり精密でなくても伝わってゆく、そしてそれは一概に否定はできなくて、むしろ、しゃべっているとお互いにわかりあってしまうことがずいぶんあるという気がします。翻って考えてみると、日本語でしゃべり合っていたって、お互いにわかりあっていると言えないんじゃないか。そういう意味でいうと、言語というものは、非常にたくさんの、ぶよぶよしたものを身にまとっているんじゃないか。そういう部分でわれわれは、わかりあったり、わかりあえなくて喧嘩したりしてるんじゃないかっていう気がして、だから、ぼくは言葉というものに対して、ある意味でいえば、非常に頼りないものだなっていう気がするんです。逆に言うと、そういうものであるにもかかわらず、わかりあえるというところが、言葉のすごさだろうとも思っているんです。

そのあたりがぼくにとっては問題ですが、茨木さんはむしろそういう世界をスパッと自分の意志で切り捨てる、というか、拒否しながらずーっと書いてきた。例えば茨木さんの詩で、左官屋さんが窓から覗きこんで「奥さんの詩は俺にもわかるよ」といって、それがとても気分がよかった、という詩があるでしょ。ああいうところは、ぼくはほんとうに羨ましいのね。ぼくなんかが書く詩は、ある意味では感受性と感受性の響きあいのようなところでやっちゃうから、あなたの詩は意味がよくわからないって言われてしまう。意味がわからないと言われると困るんだけど、ぼくは感覚的な書き方してるんです。世間的にいうと、ぼくはむしろ論理的、知的な人と思われていることが多いようですけど、実は感覚的なのね。それに対して茨木さんの詩というのは、知的な検証にも耐えるし、詩など読んだことのない人が読んでもそれがわかる。わかるということは、知的にわかるというだけではなく、つまり心に響いてくるというわかり方してるでしょ。そこのところが面白いんですね。詩というものは、いろんな書かれ方して、いろんな理解のされ方して、それで面白いなって気がするんです。

茨木 やらないだけで、大岡さんがわかる詩を書くのはたやすいことでしょう？ 一度やってみて下さい。読んでみたいわ、そういうのも一冊。

万葉型と古今・新古今型にわけると

茨木　詩質から言うと大岡さんは古今新古今の流れでしょう？

大岡　そうです。

茨木　そういうことでいうと、私は万葉型。

大岡　そう、万葉型ですね。

茨木　これは前に谷川徹三さんが面白いことおっしゃってでね、美術工芸家の場合、素質が縄文型と弥生型の二つにわかれるって。それが螺旋形にぐるぐるからまりあって発展してきて、現在もしかりと言うんですけど、その発想が非常に面白くてね、それを詩歌にあてはめると、万葉型と新古今型にわかれ、ほとんど分類できる。現代の詩人もどんな斬新な衣装をまとっていても大体分けられる。そんなこと考えてる時ってたのしくて。美術のほうの縄文型、弥生型にしろ、詩歌のほうの万葉、新古今型にしろ、民族の質を決定する二つのものが古代にはもうすでに形を現わしていたというのがおもしろくてたまらない。

どこの国でもそういうことってあるのでしょうね。ただ現代ではどちらにも分類できない第三の型みたいなものも出て来てるでしょう？　例えば石原吉郎さんなんか。いつか、金子光晴さんが、「万葉は若い時は面白いと思ったが今つまらんね、新古今のほうがずっと面白い」って言ったんです。これは最晩年、ことばの勉強会でおっしゃったの。非常に印象深かったですね。金子さんも万葉型だって気がするんですけど。

大岡　金子さんはそう、あの書き方は万葉型ですよね。だけど彼が恋愛をうたった詩は大体初めから万葉型とも言えないところがあるような気がします。あの人は自分の思いを率直に述べるというふうな歌い方で歌うことのできないものを、女性との関係においてずいぶん学んだというか学ばさせられたというか、そういうところがあったと思う。

茨木　そうですねえ。

大岡　女の人について歌った詩は、大体アイロニカルでね、表向き言っていることの反対のことを考えているみたいなところがあって、……

茨木　本音がどのあたりにあるのか……。

大岡　言葉のはしばしに、そういう苦笑みたいな、あるいはニヤリとしているような、そういうところがあると思うんですが。

あの人は、大体大正デモクラシーの真っ只中で、しかしデモクラシーみたいな、ご立派に体系づけられた思想となると、おれは嫌だよと逃げちゃった。趣味の世界に居直った。天皇制は大嫌いだし、さりとて大正デモクラシーとかなんとか表立って言うやつはまた、七面倒くさくてうっとうしいし、おれは何もできないグータラ人間だ、というところに位置を据えたんでしょ。そういう位置から全部を見ていて、あの人の頭の強さというのは無類だったから、健康な頭で判断して、その判断の仕方は実に明快そのものだったけど、同時にその自分の居直り的なところで感じているものは、かなり屈折したものがあって、あの人は詩の場合両方をうまく使っている。だから、万葉型と新古今、あるいは古今型、自在に使いわけている。

茨木　端倪すべからざる人ですよ。

大岡　そういうところは、金子さんはしたたかな人だとぼくは思う。それからもう一つは、こんなふうに言ったら叱られるかもしれないけど、男と女の違いというのもそこにちょっとあると思うんですね。

　男の方が情けない弱いところを大量に持っているんですね。少なくとももものを書く女性の場合は、男に抑えつけられたりなんかして、そういう実感があるため、それをはねのけるために自分を集約して一つの方向へストレートにいきますね。そういうところは、女の人の書くものの方が背筋がぴんとしてて断言めいたものがわりと多い。

ラブレターが貰えなかったのは……

大岡　そうそう、川崎君が書いていたかな。茨木さんは戦争中、学徒動員されていた時に、級長さんか何かで全校に号令……。

茨木　級長じゃなくてですね、みんなテストされて、声がでかいということで選ばれただけ。

大岡　そりゃそうじゃないでしょ。やっぱり姿形から何から全部含めて、隊長の器だったんですよね。

茨木　それで？

大岡　それがね、僕はやっぱり印象的だったんだけど、戦争中の学徒動員では、ぼくらもいくつかに別れて工場に行きましたけど、学徒動員の女学生というのは、一方ではほんとに「お国のために」という理想に燃えていて、ひたすら尽くさなきゃならないって感じで、そういう生徒たちの顔ってのはとてもきれいだったという気がするのね。それで、そういう中の隊長さんだから、おそろしくきれいな人だったんだろうって気がするんだけど、そういう人が、ラブレターを貰ったことがないってどこかで書いていてね、本当かなあと思うんだけど。

茨木　それはね、我が人生の最大の痛恨事……(笑)。悩まされて困ったわ、なんてこと一度も無いんですもの。

大岡　ラブレターさえ書くことが恐ろしいほど、高貴で気高かったんじゃないの。

茨木　まさか。でもね女の子だったら、一人や二人に付け文されたり戦争中だってあったと思うんですよ。

大岡　ありましたよ。ぼくらなんか仲間でずいぶんやっていたもの。ぼくはいつも代筆させられた。自分は全然書かなかったけどね。

茨木　あやしい、書きそう……(笑)。

大岡　女子学生にっていうんじゃなくて、工場の女事務員とか、すてきな人がいるじゃない。ませた連中はそういう人に付け文するわけ。中学生でさえそんなことをやったんだから……。

茨木　まったく時代のせいにはできないわね。

大岡　みんなむしろ、あと何年かしか命がないんだから、今、こういうことをしなければ、という気持がずいぶんあって……。

茨木　それはあったでしょうね。

大岡　ませてた奴はずいぶんやっていましたよ。茨木さんは、そういう連中が付け文するような相手ではないわけですよ。その後もずっとそうだったみたいなこと書かれてるけど。

茨木　もちろん。全くもう(笑)。

大岡　それはね、どこにか凛然として侵すべからざる気品があるから。

茨木　いえいえ、いいラブレターならいいけれど生半可なものだったら、キ、キ、キィーッとなってヒジテツだったかもしれないし、それが事前に察知されたか……(笑)。人間の勘って大変なもんです。

大岡　茨木さんは実際にはお父さんっ子的になっちゃったんでしょ。お母さんが早くに亡くなったから。ある意味ではそれ以後お父さんが一種の恋人であり、同時に、師匠であるようなね。

茨木　まあね。金子さんが「あなた恋愛したことないの」って。片思いはしたけど恋愛とは言えないから「ないです」って答えたら、「よっぽど堅い家だったんだね」ですって。それがなんだかおかしかったの。森三千代さん、神官の堅いお家でしょ、そんな人をくどいちゃった方が……それ以上の塀の高い家だったと思われたらしくて。父はさばけていたし堅い家でもなかったけれど。

大岡　なるほど。まあ金子さんは、森さんをくどいて奥さんにしたために、苦労した点もあると思うんですね。苦労したというと語弊があるけれど、まあたいへんだったでしょうね。

茨木　森さんによって鍛えられた面って大きいと思う。結果としてはそれがよかった（笑）。

大岡　茨木さんは大体知多半島一帯にずっと昔から住んでいたんですか。

茨木　いいえ、そうじゃないんです。父は長野県人。末っ子で後を継がなくてもよかったものですから、金沢医大を卒業してドイツへ留学して、戻って来て就職するについて愛知県に来たんです。

大岡　ああ、それで愛知県に行ったんですか。

茨木　初めは大きな病院の副院長をしてましまして、途中で戦争中無医村みたいなところがたくさんできまして、町議会で医師を招く運動があって、それで吉良吉田というところへ行ったわけです。

大岡　ああ、吉良上野介のね。

茨木　そこで開業したんです。

大岡　その時初めて開業されたんですか。

茨木　ええ、私が女学校を卒業するくらいに開業したんです。おそいんですよ、とても。それまでは勤務医でした。私は物心ついたら愛知県で育っていた、ということですね。京都で研究生活したときもあって京都でも暮らしましたし、幼稚園のとき愛知県へまいりました。ただ例えば大岡さんが三島でお育ちになった、という形での根づいた感じはなくて、やはりよそ者的だった。今、甥なんか見ますと三代目で、根づいてますけどね。

大岡　よそ者というよりお嬢さんでしょ。特に職業がお医者さんだから。ぼくなんかも親父が学校の先生だったからね。学校の先生なんて、別にどうということないんだけど、それにプラスして短歌の雑誌などやって、それの方のお弟子さんも先生というし、おまけに、今は没落しているけれども、昔は旗本だったとか、そういう誇りとコンプレックスが鼻先にちらつくもんでね、生れてずっとそこで育った土地であるにもかかわらず、ぼく自身も他の連中から別扱いされて、居心地は時にあまりしっくりしませんでした。多分茨木さんの場合にもはっきりとそれがあったんだと思うんです。そういうところがね、多分憧れている男の子はたくさんいただろうけれど、一人として付け文を渡す勇気がなかった理由。

茨木　(笑)

大岡　もう少し茨木さんがグニャグニャした、あるいはまた、曖昧模糊とした部分を示してくれるともっといいのに、という気持もないわけじゃない。ほら、「櫂」のグループっていうのは、よくニコニコしながらわりと皮肉言ったりするじゃない。谷川俊太郎なんか相当ひどいし……。

茨木　そうね、皆若いときはそうでもなかったのに最近とみに(笑)。けど張本人は大岡さんじゃありません?

大岡　ぼくはそうでもないですよ。

茨木　大岡さんに感じることあります。相当辛辣なことをニコニコ言ってる時ありますよ。そうね。私はあまりやられてないけど、「櫂」以外の人の詩集で、大岡さんが実は貶《けな》したのに誉められたと思い込んだ人を見ましてね、これはヤバイと。今日だってこちらに吹き矢がささっているかもしれないのに、そよ風かと思ったりしてて(笑)。

大岡　そうかなあ。つまり、そういうことを言うときには、大体非常に親しいからなので、もう一つこの人をどこかくすぐって、変な声を出させてやろう、とか、そういう点でいうと茨木さんの詩ってのは非常に言いやすい詩なのね。谷川は前に何か言ってかなり茨木さんを怒らせたことがあったんだよね。

茨木　あった、あった。

大岡　ぼくのことなんかも「なるなよ画廊の紐に」なんて。茨木さんについても何かあったでしょう。

茨木　その詩と同じ時よ、一人一人名をあげて人物スケッチをしたの、私のは確か「誰かを欺いているなァ」という行があって、あとの合評会で「毒がある！」って彼に怒ったんでした。今思い出せば怒ることもなかったんだわ、別に。彼はね、悪口を言うことが友情の証と思い込んでるふしがある。一人っ子のせいだ(笑)。

大岡　皮肉にも見え、真率きわまる願望にも見えるような、そういった書き方でしたね。ぼくが興味をもつのは、茨木さんがスパッとした切れ味の、剛直そうに見える面ではないところで書くようになったらどうなるかしらということね。

別の言い方で言えば、官能性まで含めての感覚的なものが、どんな展開をみせるだろうかということですね。つまり、同じことを言っても茨木さんの言葉というのは、姿勢がピシッとしているので、言葉遣いの上でもうすこしヤワな部分が出てもいいじゃないか、そういうことを思う。だけど、それはある意味で言うと、無理な注文なんです。

茨木　そう、批評の受けとめかたって、むずかしいです。いまだによくわからない。

大岡　こういうふうに書くから茨木のり子であって、こう書かなくなったら茨木のり子じゃなくなってしまう、というところが少しはあると思います。

はっきり言いすぎる？

大岡　ぼくは茨木さんにどんなことを言ったかしらないけど、もしニコニコしながらひどいことを言ったとすれば、おそらく茨木さんの言葉遣いですね。ほら、よく男装する女性がいるでしょう。

茨木　ええ。

大岡　男装する女性は、男よりももっと男っぽく見せるために、かえって不思議に男でも女でもないところが出てしまう。そういうふうなのとは違うんだけど、茨木さんの言葉遣いの中に男っぽさというのが出ることがある。その男っぽさは、ここでちょっと性差別的な言辞を弄すれば、男にまかせておいて貰いたい。そういうことを男どもとしては感じるところがあるんじゃないかな。

茨木　ただね、女言葉的なものがあんまり私は好きじゃない。ということが一つにはあるんですね。

大岡　それはあるでしょうね。

茨木　でもね、内容については男と女の境界線なんか無い筈よ、男にまかせてとか女にまかせてなんていう。男性の書いたいい詩はかなり女性的要素を含んでるわ。また反対にね、女の書いたいい詩は男性的要素を含んでしまう。一般論としてですよ。詩にかぎらないけど、表現の仕事はそうならざるを得ない……そう見えてますけどね。

大岡　僕の言っているのは、そういうことだけでもないんですけどね。茨木さんの詩は、一連があると、一連の終わりのところでスパッと必ず決まるのね。その決まり方があんまり決まっているもんでね、もうちょっと正面切らないで、同じ言葉でいいから斜めに向いて言って貰いたいとか、ほんのちょっとの感じなんですけど。

茨木　何度か「櫂の会」で連詩の集まりをやって、全体をさばく宗匠を大岡さんがやって下さって、その時よく「こう書いちゃうと品がなくなる。もう少しフワンとさせて」と何度かおっしゃった。いまのことと関連するけど、私ははっきり言いすぎるのね。谷川さんもよく品という言いかたなさった。微妙に違ったけど詩における品とは何か、お二人の感じかたはよくわかった気がする。

大岡　もう一つ言えば、茨木さんの詩は、暗い翳のようなものが無いように無いように書かれているでしょ。それがぼくなんかからすると、辛いんじゃないかなって感じる。もっと気楽に、少し肩を落した感じでもいいからそういう書き方をしてもいいんじゃないかなと思うのね。

茨木　それはかなり若い時から言われてきましたね。むかし水尾さんが「そんなに緊張してたら疲れるでしょう。もう少し息を抜いたほうが」って。ただ、そう無理しているわけじゃないんです。突っ張って、とてもとても苦しくてたまらない、という形では書いていないし、暮らしてもいないし。これが私にとって普通の状態だろうという気がする。

大岡　茨木のり子さんって人はそういう人なんだな。これで自然なんだっていうことでしょうね。そうすると、初めにも言ったけれど、少女期からずっと自己形成というものがそうであったということは、現代の日本社会におけるかなり特異な一つのタイプでしょうね。

茨木　そうかしら。

大岡　女性の詩の表現の世界で、茨木さんのような表現の形を作りあげた人は他にいないと思うんだ。

ワタクシ性との向かいかた

茨木　ただ、過去の自分の作品は、みんな嫌ですね。これはもう何かはっきりしていて、だからまだ書いていこうと思っているのかもしれない。もう少しましになるかもしれないという幻想ね。

大岡　それはそうですね。だれも同じじゃないかな。

茨木　詩の朗読なんかあまりしたくないのも、それが一つあるのね。「あなたは自分の詩の中で、どれが好きですか」なんてよく聞かれるんだけど、「一つも無い」というと変なしらけた顔されるんですね。

大岡　そうね。茨木さんにとっては、それは非常に自然だと思う。感じとしてはわかるんだけど、それを言われた側からすると肩すかしをくったような感じでしょうね。たとえば非常によく知られている「六月」とか「わたしが一番きれいだったとき」とかね。ああいう時期のものと、だいぶん最近のもので「木の実」「四海波静」などとだったら、やっぱり最近のものがずっといいと思うでしょう。

茨木　自分がですか。さあ。昔のものは幼い感じがするし、さりとて最近のものも……。

大岡　「木の実」というのは？

茨木　「木の実」はわりに自分が出ていないから。

大岡　あれはすごいですね。

茨木　結局ワタクシ性が消されているものはわりと抵抗がないんだけど、自分というものがかなり出ているのは嫌なんですね。大岡さんはそういうことはないかしら。もちろん出てるんだけど生の形では出していらっしゃらないから。

大岡　あまり出さないですね。

茨木　ワタクシ性というのはかなり消してあるという気がするんですが。

大岡　ええ、作る時からワタクシ性はあまり表に出さないようにしてるんですね。「櫂」のグループでいうと、そういうものがよく出ている人をあげれば茨木さんと吉野さんですが、二人とも、ちょっとこれ以上にうまくいく場合はまれだろうな、と思うくらいうまく出たタイプだと思うんです。それに比べると、川崎洋にしても、谷川君にしても、水尾比呂志、中江俊夫、友竹辰にしても、女性でも岸田さんはまた全く違うタイプで、しかし全体的にワタクシ性ということで言えば、私が向かいあっている対象との間で、何かこう渡りあいながら、私が向こうへ行っちゃったり、向こうのものが私の中へ入りこんできたり、そういう形の私っていうのをなんとなく書いてるんですね。

茨木　わかりますね。

大岡　茨木さんと吉野さんは、私というものと、私に対して向かいあっている世界との関係が明確に表現されている。それはある意味で世代的な問題かなという気もするのね。

茨木　どうなのかしら。

大岡　ぼくらの年代というのは、ちょうど中学の三、四年生、あるいは二年かもっと幼かった時期に、戦争に負けて天下がひっくり返った。そういう時期だったから自我を主張することを覚える時期に外の、大方はひどく目新しくてしかも魅力的なものがドドドドッと入って来た。それにひかれて遊ぶことが、そのまま学ぶことでもあった。そのため簡単に自我というものを主張することができない、そういう世代ですね。
外部の世界が洪水のように雪崩を打って入ってくる、どうそれと自分が渡りあうか、というところに問題の焦点があって、その辺が吉野さんや茨木さんの世代とかなり違うというような気がするんですけどね。

茨木　いくらかはあるかもしれませんね。
それと吉野さんは酒田だし、私の母も庄内地方の産なので風土的な気質が近いようにも思うし。

幅広い共感を呼びうる詩

大岡　概して言うと、年代的なスタイルの違いというのは、やっぱりどこかにあるような気がします。たとえば茨木さんの詩でユーモアに富んだ詩がありますね。「大学を出た奥さん」。ああいうタイプの詩は書けそうでいてぼくらには書けない。

茨木　そうですか。

大岡　女性の目で見ていて、しかも女性の立場を超えた目を持っていないと書けないですね。「大学を出た奥さん」は一人の女性の成長詩ですね。
初めのうちは大学を出たばかりのお嬢さん。次は大学を出た奥さんで、ジャン・ジュネか何かのことを語りながらおしめを替えたりしている。そして大学を出たあねさま、最後は大学を出たかかさま、と呼び名がかわっていくわけですね。大学を出たばかりでは、ある意味では男性との関係においても、自分を主張して、私は新しい時代の女としてきちんと生きてゆくわ、というところから始まって、だんだん家庭の中へ入っていって逞しくなっていくけれども、それと同時に家の中でどっしりと根を下ろしていくという、そういう感じの女性の成長の詩ですね。

茨木　ええ。あの頃大学出の奥さんてまだめずらしかった。今はごろごろしてるけど。

大岡　こういうものを読むと、ぼくなんかはユーモアを感じるんです。だけども別の観点からすると、こういう女性は、結局旧来の家の制度の中で安住していくタイプの女ではないか、という批評をしようと思えばできる。

茨木　うん。でも「村会議員にどうだろうか」という行もあって、将来地域で地道な活動をするだろうと暗示したつもりなんですが。

大岡　茨木さんの場合は、そういう意味でイデオロギー的に女権を主張するとかそういう立場とは一線を画していて、その面で、広い範囲の人の共感を呼びうる詩を書いているということですね。それも単に女の成長詩を書いているだけではなくて、ユーモラスな要素があって、それが茨木さんの持っている女性観の幅の広さというものを感じさせる要素ですね。男の立場からすると茨木さんは面白いということを思うんだけど、イデオロギー的に尖鋭で、女はこう戦うべきだというような考え方の人たちからすると茨木さんの詩というのはこれまた……。

茨木　曖昧だと……。

大岡　曖昧だと思うでしょうね。実際にそういう批判なんかされることがありますか。

茨木　特にないですけどね。そう思っている人多いだろうという気はする。でもちょっと昔、たとえば江戸時代でも、ぜんぶがぜんぶの女たちが虐げられ萎縮していたわけじゃないんですね。自分の才覚、内容において、場を作り、男性に一目おかせていた女もいました。

池大雅夫人のことを調べたことがあって、彼女は今でいうパーティにもたったか出かけてゆくし、蕪村といっしょに書画なんか描いてる。自然なんですね。ウーマン・リブ、ウーマン・リブといって外部に向かって叫ぶばかりは、ちょっとおかしいと思う面もあるわけです。

身近な祖母たちの生きかたを思い出しても、家庭の中にいたって押しも押されもせぬ地位を自分の実力で確保していましたね。ただね、全体としてみるとまだ非人間的な扱いは一杯あるだろうし、地道に活動している人たちは支持ですね。わたし選挙を一度も棄権してないのは、やはり明治時代から女の参政権のために闘ってきた人たちがいたわけですから、その人たちへの敬意もあって雨が降ろうが嵐だろうが……。

大岡　そうですね。ぼくはその考え方に同感するんですけど、茨木さんの場合は、お父さんを見ていて、お父さんとの関係においてそういう自分の考え方を確立していったんじゃないかという気がする。

茨木　ええ。父は女のひともちゃんと見ていた気がします。医師と患者の立場で見ざるを得ないものがあった。「夫に死なれて泣くのはゆとりがある方で、子供を抱え明日からどうしようという女房は、涙なんか一滴もみせない、きりっとしている」とか、ちらちらっと言うわけです。ぜんぶ具体的で、知らずにこちらに沁み込んでくるような。

大岡　それは深い生活の知恵から来ていることだと思いますね。それと三浦さんと結婚されてずっと暮らされたんですが、あの方はとても素敵な方でした。ぼくらはよくお宅へお邪魔したので知っていますけど、ああいう人と結婚してたから茨木さんのそういう考え方が自然に根づいたということもあるでしょう。

茨木　そうですね、父や夫がダメ男なら、今頃私はもっと過激でおもしろくなってたかもしれない(笑)。

大岡　結局女性対男性というのはイデオロギーだけではとても解決できない面が非常にあると思うんです。

茨木　まったくですね。

大岡　男も女もたまたま一緒になった相手、あるいは恋愛している相手から影響される。

それで形作られてゆく自我は、自分だけの自我ではなく、相手が入りこんできている自我ですから、そういうところでは、男と女を対立関係だけでとらえることはできない。

茨木　そうですね。それが最もよくうまくいったのはお宅ではないでしょうか。

大岡　いえいえ、私のところは違います。

茨木　でも奥さんの深瀬サキさんは、大岡さんの有能な秘書であり、その上ごじぶんの創作活動もしていらっしゃるし、非常にいいと思いますね。今年発表された「花びら闇」という小説を読んでも、大岡さんの仕事を手伝いながら日本の古典の教養を自然に蓄積されていたことがはっきりわかった。

大岡　今になってそれができるだけのひまが生じたんですけど、彼女がいうには、知り合った初めから、ぼく自身そういうことを主張していた、と。ところが実際にはぼくのために貴重な時間を使ってきたわけですね。ただ、根本的には二人でやってきたということがありますからね、簡単にどちらかに片付けることができない問題だとは思いますね。

茨木　ご結婚前にサキさんが話してくれたことを思い出すけれど、結婚申し込みの男性は外にもあったけど、条件のいいすでに出来上がった人と結婚するのはつまらない。したくない。私はまったく未知数の大岡くんと共に一緒に何かを創り出してゆきたいって。その心意気に感心したことがあるんですが、その通りになりましたね。あの頃、大岡さんは海のものとも山のものともしれぬ青年で……。

「大男のための子守唄」の思想などを

大岡　うかがいたかったのはですねえ、茨木さんに「大男のための子守唄」ってあるでしょ。

あれはまあ、なんといっても三浦さんがパン種になっているだろうと思いますが、書いていているうちに茨木さんの中で大男というイメージが旦那さんと重なりあって膨らんでいったと思うけれど、あの中で、なんでそんなに息せききって急ぐのか、大切なものはごく僅かしかない。その大切なものを追求するためには、もっとゆっくりペースをゆるめてやっていってもいいじゃないか、というところがありますね。

ああいうところを読むと、ぼくなんかもすなおに反省して、そうだなあと思うわけですよ。

たしかに女の人から見ると、男っていうのは、あそこで歌われているような、息せききって何かをやっている、そういう男が多いんですよね。あの詩はどういう発想で書かれたんですか。

茨木　あれは自然にできたものです。だけど、あとで考えますとね、ちょうど高度成長期の初めだったんですね。それでちょっと予言的だったかなと今思うんですけど。あの場合、ものを書く人達のことは念頭になくて、電気製品とかヤケに作り出して売らんかなだったから、それも良いものであればいいけれど、チャチっぽいものばかり目の色変えて作っているんじゃないかというようなことで。何年もしないで部品はなくなるし、粗大ゴミは増えるし、そういうアメリカナイズされた生産流通が気に入らなくて。

大岡　そう、あの詩はそういう意味で時代の転換期、それから先の日本の社会を彷彿とさせるような行が明らかにあるんですね。それでいて対象になって歌われているのは、大男と呼ばれている男ですから、そこが非常に親しみ深いですね。

茨木　真壁仁さんはね、完全に夫ととって書いてくださったんですけど、別にそんなんじゃなくて男性一般です。

大岡　そうでしょうね。ほら、そういうこととね、わりと最近の詩でね、いくじなしの赤ちゃんの……。

茨木　ああ「いくじなしのむうちゃん」。

大岡　あの詩でいくじなしの勁さを貫くことが実は難しいんだよ、と言ってるところがあるでしょう。そういうのとつながっていると思うのね、大男の子守唄の思想はね。
　茨木さんの中にはいつでもそういう要素があって、それが息せききってたくさんの作品を書かない茨木のり子の立場にもつながっているかもしれない。

茨木　いまの世の中の時間の流れって、異常ですよ。どうかしてる。

大岡　茨木さんの雰囲気というのは、からだも大柄でゆったりした感じ、だから全体としてああいう詩を読むと、ああ、ここにはやっぱり茨木のり子がちゃんと息している、そういう感じがするのね。だからぼくはああいうタイプの詩は茨木さんの詩の中で、非常に大事だと思うんです。それが多分茨木さんの中で「りゅうりぇんれんの物語」にもなった。あれは十四年も穴の中でかくれていた「りゅうりぇんれん」、戦後になって、とうに出て来てもよかったのに、それにも気がつかずに隠れていて、やっと見つかって発見された中国人、十余年の間、ずっと穴の中で耐えて、時々は民家に出て来て盗みやなんかもしただろうけれど、そうやって命をつないでついに中国に帰った、この物語には大勢の人が感動しただろうけれど、茨木さんがその感動を作品にまでした、というところに深い意味がありますね。

さっき話に出た高度成長以後、弾みがついて止まらなくなってしまった日本の社会、それに対してもっとゆっくりしなければほんとうの生活はできないよという批判があって、それが劉さんという中国人のああいう時間の質というものに着目し、それを作品にまでしようと思ったことにもつながっている。それが隠された一つのモチーフじゃなかったのかなという気がするんです。

茨木のり子の時間の流れは？

茨木　今日は自分でも気づかない深層心理みたいなものをずいぶん指摘されますね。

大岡　つまり茨木さんの時間意識はね、現代社会の時間の中で、これだけがほんとうの生活時間じゃない、とずっと言い続けている。

茨木　かもしれません。ほんとうに。そうおっしゃられると何かはっきりしてくるんですけど。自分なりの納得のゆく時間の流れを別に作り出してゆきたい。ゆったりと。でもどうしても巻きこまれますね、この世のけたたましさに。

大岡　だから「櫂」の同人会などでね、茨木さんは自分が今何をしているかとか、そういうことを滅多にしゃべらない。

茨木　ええ。だけど他の人もほとんどそうよ。今何をやってるなんてほとんど言わないじゃない。

大岡　ほとんど馬鹿話しかしないけど、それにしても、茨木さんは極端にそういうことについて寡黙なのね。例えば朝鮮語を勉強しているってことも、始めてから大分経ってみながおぼろげに知ったんです。茨木さんの内部では、時間というものを羊や牛が咀嚼するように、咀嚼する時間がすごく長い。他の連中はね、かなり早くモグモグと咀嚼したら、すぐにそれを栄養にしようとする。そういう生き方を今、現代人は強いられている。だけど栄養には最終目標があるのか、過程をじっくりと楽しんだっていいじゃないか、とか、そういうところがかなり茨木さんの生活信条としてあるような気がします。

茨木　ありますね。それははっきり。大岡さんもそうだと思うんだけど、不思議ですね。詩を書いている時間は勿体なくないでしょう?

大岡　全然。

茨木　それは三時間かかろうが四時間かかろうが勿体ないって感じしないの。

大岡　時間じゃないんですね、あれは。

茨木　だからやっぱりね、詩が好きだったのかなあと思うわけですよ。それに費す時間は勿体なくないってことは。

他のことをやっていますと、「ああこんなことをしてて」と思ってしまう。草むしりとか掃除とか。そうね、あえて趣味と言えば旅かしら。

大岡　茨木さんはお料理がすごくうまいんですけれど、手作業というのは根本的に好きですか。

茨木　好きね。器用ですよ。カーテンも縫うし、夏服なんか自分で作るし。そうすると、みんながびっくりして、「あなた、ミシンふめるの?」(笑)。つまり、ドテッと何もしない奥さんに見えたらしい、詩なんか書いていると。

大岡　はーあ。

それは同じ詩を書いている人たちから見て?

茨木　ええ。いつか「いささか」という同人誌の会があって、うちでちょっとおいしいライスカレーなんかつくったら、「こんなこともできるんですか、意外だなァ」って中島可一郎さんに言われちゃった。

大岡　そうね。茨木さんのイメージとしてはそうかもしれない。

茨木　わりとマメですよ。やっぱり戦乱の子ですね。鋸もひくし、鍬の振り方なんかうまいんですよ。そうすると新婚時代、近所の人が「奥さん、農家の出ですか」(笑)。

大岡　あ、ほんと？

茨木　若い時さんざんやらされましたから、勤労奉仕で。田植えだって稲刈りだって。

詩は方法論では書けません

大岡　作品の作り方というか、そんなことを聞いてもしようがない、といえばしようがないんだけど、茨木さんの場合、作品を構成する仕方が、さっきも言いましたけど、二つのものを対比してとらえる、といったのがわりと多いですね。たとえば「対話」なんて詩は典型的にそうですけど。ネーブルの花と獅子座の星がまたたいて、天と地が対話していて、それを人間である防空頭巾をかぶった少女が見ながら絶句してたたずんでいる。

茨木　ええ。

大岡　ああいう構図は、大体茨木さんの基本的な詩の構図としてあるような感じがするんですね。ご自分ではそれを意識しますか。

茨木　そうね、ものを相対的にとらえようという癖はあるかもしれません。

大岡　結局それはドラマチックにとらえる、ということにも通じるんでしょうね。

茨木　ええ。ただ詩学とか方法論みたいなものあまりないし、またそれを持ちたくないという気もひとつあるのね。無手勝流に書いていきたいと。

何々主義、何々イズムというものに則って書くと、やっぱり足を取られることになりませんか？　それで駄目になってゆく例は戦後でも多かった。むしろ衝動的なものを大事にして、衝きあげてくるものをどう書くかしかなくて。

大岡　それは「櫂」のグループの詩人たちは大体そうなんですよ。ぼくはちょっとそういうところから外れていた。外国の詩なんか読んだために、詩というものにいろいろの書き方、方法論があること、それが「運動」というものの基盤をなしていることを教えられて、そんなことにも関心を持ったものだったから。

ぼくが「櫂」に入った当時の感じでいうと、「櫂」の詩人たちは、詩論とか詩学とか詩の方法論とかに最も警戒心を持っている人たちの集まりでしたね。

茨木　あ、そういうふうに感じましたか。

大岡　それでぼくは、自分自身が詩を書く時には、特定の方法論によって書くなどということをしないから、そういう意味ではおれはこの「櫂」のグループに入ってもちっともおかしくないと思ったけど。

茨木　最初から意識的だったんですね。

大岡　それはみんなが共通してもっていたことですね。

茨木　うーん、今気づきました。

大岡　実際に方法論では詩は書けないということは当たり前ですけど、方法論というものの面白さに目がくらむと、方法論で詩が書けるように思い込むんです。そこのところの区別がつかない人たちが、茨木さんが今言ったように駄目になっちゃう。最終的には感受性の問題ですからね。

まさに「自分の感受性くらい自分で責任を持て」っていう茨木さんの思想に尽きると思うんです。

翻訳・近親・挽歌について

大岡　ところで今は韓国の詩を訳しているんですか。

茨木　少しずつ訳そうと思っているんですけど。詩の翻訳は大岡さんも昔からなさって上手なわけなんだけど、むずかしいですね。こわい。大岡さんの翻訳の哲学をきかせて下さい。

大岡　二つのいき方があると思うんだけど、つまり、自分の言葉で日本語の話として十分納得できる方向に持っていくか、でなければ相手の思想を厳密に表現して、しかももとの詩の持つリズムに釣合うものを、なんとか日本語に移すように努力するか、ということでしょうね。

茨木　私はやっぱり日本語として読めるものにしたい。翻訳調はうんざりですもの。

大岡　一番すぐれた翻訳というのは、何といっても自分の国の言葉としてこなれていて、翻訳とは思えないようなものでなければ駄目だと思いますね。

茨木　どこまで意訳が可能か。書く立場からすると原詩をあくまで尊重したいし。

大岡　翻訳のイロハで、しかも窮極の問題ですね。ところで茨木さんのことについては、特にしつこくからんで聞くようなことがないので、たいへん困るんですが、お父さんのことはちょっと書かれたけれど、三浦さんのことはあまりまだぼくらの目には触れていない。茨木さんにとっては非常な悲しみであるわけですから、もうすでに書いていらっしゃるか、あるいはやがて書かれるかと思うんですが、肉親のことについてはあまり書けないですか。

茨木　やはり照れくささとか恥ずかしさはありますね。

大岡　そうですか。茨木さんは自分自身および三浦さんとか、その他近親のことについて書かないわりには他の人のことはよく書いていますね。たとえば『人名詩集』などで。ぼくはそこがやっぱり少しバランスを失しているんじゃないかということを思うのね。

茨木　バランスねえ……。

大岡　それで三浦さんのことを、一篇の詩に凝縮するってことじゃなくて、まああっさりと連作の詩で書いたら、すばらしい詩集が一冊できるって気がするのね。読者としての立場からは是非読ましで貰いたいな。

三浦さんは医学者だったから、文学などの世界の人と違う関心の持ち方とか興味の持ち方とかが当然あっただろうし、お酒も大好きだったわけですね。つきあう人についても、ぼくらなんかと全然違うタイプの人ともつきあいがあったらしいし、そういう意味でいえば、医学徒としての夫であった人、夫という立場をはなれても研究者としてのそういう人を、詩で造型したらどうなるかということにぼくは興味がある。

茨木　なくなったらすぐ追悼記とか、挽歌とか出すってのは好まないわけですよ。長い時間かけて、なお残ったものがあればですね。で、書きためてはいるんですけど今発表する気にはならないんです。キュッと凝縮しないであっさりと、というのは、たいへんいいアドバイスね。

大岡　ぼくは茨木さんの場合は、文章よりも詩の形の方がいいと思う。書き易いのね。いいというのは、価値判断としてではなくて、書き易いと思うんです。断片的に書いてゆくだけでいいんじゃないかしら。

茨木　子供のおもちゃでジグソーパズルってあるでしょう？　一つ一つはめこんでいっ

て建物や動物の姿を作ってゆく……。今まできままに書いてきた詩は、その「部分」のような気もするし、まだ大事な部分を埋めてないから、ライオンだか豹だかわからない。夫のこともその大事な「部分」かもしれません。

大岡 そりゃそうですよ。心臓部とか眼だとか。

茨木 それが私のいちばん弱い部分だったりして。それだけにきちっと嵌められたらって感じがありますけど。でも欠けっぱなしもいいし、微妙なところですね。

大岡 ぼくは三浦さんには数回しかお会いしてないけど、とても魅力的な方でした。お見合ですぐきまったんですか。

茨木 それがわかっちゃったのよね。今まで一心に見合結婚をぼかしておいたのに今回バラした人がいて。もう天網恢恢(笑)、ええ、すぐきまりました。

大岡 あんなに早くなくなられたというのは最大にして唯一の大事件だけれど、三浦さんの雰囲気はとてもしっとりと落ち着いた感じでしたね。庄内なまりがちょっとあったでしょう。

茨木 ちょっとどころか。

大岡 それがまた、すごくいい感じだったなあ。

茨木 ええ、でもねそれが彼の大きなコンプレックスでした。一般にね、男のひとは一寸野暮くさいところあったほうがいいのよ、一分のすきもないシティボーイなんて厭だ。

栃木産の牛蒡とか、秋田産の蕗とか、一寸土の匂いを残しているほうがすてきなのに、それ言ってあげるのわすれたわ(笑)。

大岡　そういう詩も書いてください。たくさんのシティボーイならざる男どもが茨木さんを心の恋人にするでしょう(笑)。

（一九八四年十一月十四日　於、大岡信氏宅）

水音たかく――解説に代えて

茨木のり子の詩を読むのに、構えはいらない。そこに差し出された作品を、素手で受け取り、素直に読んでみるに限る。意味不明な部分はない。とても清明な日本語で書かれている。ときには明解にすぎ、謎がなさすぎると、不満を覚える人もいるかもしれない。けれど、この詩人の詩が威力を発揮するのは、おそらく、読み終えたのち、しばらくたってから。言葉が途絶えたところから、この詩人の「詩」は、新たに始まる。遅れて広がる感慨があり、それは読後すぐのこともあれば、何十年か先に届く場合もあるだろう。

現代の詩にはいろいろなタイプがあり、読んだ瞬間、脳みそのなかに、言葉の火花が散るといった即効型のものもある。それはそれで刺激があって、瞬間は楽しむことができる。しかし二度、三度と、繰り返して読むことはない。

茨木のり子の詩はそうではない。ある「遅れ」を最初から持っている。一編の詩がかっちりと組み立てられているのに、いや、だからこそ、その効果は、じわじわと染み出す。意味的に「ぶれ」がないので、詩として発酵してくるのに時間を要するのか。いや、こうも言える。どんな一編にも、茨木のり子の「経験」というものがしみこんでいるので、読者は、それをあとから追いかけることになる。自分の人生を生きるどこかで、あっ、あのとき、茨木のり子が書いたのはこれだったのかと、読みが遅れて追いつくのだ。

リルケは『マルテの手記』のなかで次のように書いた。

「詩はいつまでも根気よく待たねばならぬのだ。人は一生かかって、しかもできれば七十年あるいは八十年かかって、まず蜂のように蜜と意味を集めねばならぬ。そうしてやっと最後に、おそらくわずか十行の立派な詩が書けるだろう。詩は人の考えるように感情ではない。詩がもし感情だったら、年少にしてすでにあり余るほど持っていなければならぬ。詩はほんとうは経験なのだ」(大山定一訳・新潮文庫)。

茨木のり子は、そのように、蜜と意味を丹念に集め、それらがゆっくりと蒸溜されるのを待って一編を書いた。とても贅沢な詩人である。

わたしが最初に出会ったのは、「汲む――Y・Yに――」という詩だ。読んで泣いた。本書には収録されていないので、数行を拾って紹介してみたい。詩は次のように始まる。

大人になるというのは
すれっからしになることだと
思い込んでいた少女の頃

立居振舞の美しい
発音の正確な
素敵な女のひとと会いました

その素敵なひとは、初々しさが大切なの、と言い、人の「堕落」について語る。そこから「私」が悟ったのは次のようなことだ。

大人になってもどぎまぎしたっていいんだな
ぎこちない挨拶　醜く赤くなる
失語症　なめらかでないしぐさ
子供の悪態にさえ傷ついてしまう
頼りない生牡蠣のような感受性

わたしは自分のことが書かれていると思った。赤面恐怖であがり症、思春期はとうにすぎていたにもかかわらず、自意識過剰でがっちがち。わたしにとって、若さというのは地獄だった。

しかし詩の要は、もう少し先にある。次の三行を、密かに心に刻んだ人は案外多いのではないだろうか。

あらゆる仕事
すべてのいい仕事の核には
震える弱いアンテナが隠されている　きっと……

今、十分に大人になってみると、弱さに安住するのは恥ずかしいと思うし、「堕落」せずに生きていくことなんて出来るのかとも思う。でもその上で、この三行には真実があるとわたしは思う。わたし自身が成熟していくのに、力を貸してくれたと思う言葉である。

その後、この言葉は様々な波紋を広げ、仕事のみならず、そもそもあらゆる人間の核には震える弱いアンテナが隠されている、という認識を呼んだ。ひどい言葉で人を傷つける人がいても、弱さが言わせているように思った。一編の詩が、遅れて届くというのは、たとえばこういうこと。人間を考えるというところへ、読者を運ぶ。詩の成り立ちに、そもそも他者の存在があるのである。自分以外の人間が、詩のなかに次々、登場する。このことは、茨木のり子がその出発点において、「脚本」を書いていたという事実を思い出させるものでもある。

最初の詩集から暗示的で、『対話』という。人間観が成熟しているという印象を受ける。孤独を知り、孤独を愛しながら、人と生きていく、まさに「対話」がこのひとの生きる型にあった。後に『人名詩集』と題された詩集も作ったが、あえてそうして括るまでもなく、他者を豊かに含みとることで詩が成立している。「汲む」もそうだが、他者の発した一言に反応して書かれた詩がたくさんある。

その場合、人の言葉は種である。育てるのは詩人そのひとで、投じられた種によって内部に生じた変化を、言葉に置き換え報告する。そこには相互の交流がある。「わたしだけの世界」を打ちたてようとか、「わたしだけの言葉」を書こうなどという、野心めいた意識はなかったのではないだろうか。

詩のなかに、どんな人が出てきて、どんなことを言ったか、具体的にいくつか例示してみよう。

窓ごしにひょいと「私」の机を覗き、左官屋は言う。

「奥さんの詩は俺にもわかるよ」(「二人の左官屋」)。

「四海波静」では、誰もが知る、昭和天皇の、飲み下せない、あの発言、

「そういう言葉のアヤについて
　文学方面はあまり研究していないので
　お答えできかねます」が引かれている。

ランドセルをしょった、お下げとお河童の二人の女の子は、
〈だいたいお母さんてものはさ
しいん
　としたとこがなくちゃいけないんだ〉と、なかなかいいことを言う（「みずうみ」）。
ばばさまが一番幸せだったのは？　と孫の「私」から問われ、
「火鉢のまわりに子供たちを坐らせて
かきもちを焼いてやったとき」と即答したという、その答えも詩になった（「答」）。
「――サユをください」と言い、薬局へやってきたのは、若い女（「さゆ」）。
〈祭りは終ったぜ〉と、そういうときだけ、男言葉で呟くという、祖母の言葉も忘れられない（「祭りは」）。

そして、「花の名」という詩は、はかなさが風に乗って読者の胸に流れこむ、なんだかとてもいい詩である。これもまた、電車のなかで、突然話しかけてきた男との対話から始まる。

「浜松はとても進歩的ですよ」
「と申しますと？」
「全裸になっちまうんです　浜松のストリップ　そりゃあ進歩的です」

登山帽の男は、ひどく陽気。これから甥っ子の結婚式だというが、「わたし」のほうは、なんと父親の告別式の帰り。だがもちろん、そんなことを彼には告げない。告げないのだから、仕方がないことなのだが、彼はまるでコトを察しない、いささか滑稽な男として読者の目に映る。

「あなた先生ですか?」
「いいえ」
「じゃ絵描きさん?」
「いいえ
以前　女探偵かって言われたこともあります
やはり汽車のなかで」
「はっはっはっは」

ここは読者に、茨木のり子のイメージを、はからずも定着させてしまった感じがするところで、おそらく本人は不本意だったのではないかと思うが、やっぱり彼女には、背筋の伸びた「先生」のイメージがある。でも、この「先生」は、だいぶうっかりしている。あとになって気づくのだが、「辛夷《こぶし》の花」を「泰山木《たいさんぼく》」ではないかと彼に示唆してしまった。わたしもよくやるので、笑ってしまう。これもあとで、遅れて届くことの一例で、茨木のり子にとって、あらゆる「遅れ」というものは、詩の生まれる母胎だったのかもしれない。

女のひとが花の名前を沢山知っているのなんか
とてもいいものだよ
父の古い言葉がゆっくりよぎる
物心ついてからどれほど怖れてきただろう
死別の日を

相客との、のんきで愉快な会話に、しめやかな死の匂いがまざり、電車は、いや詩は、進んでいく。末尾は次の四行で締めくくられる。

かの登山帽の戦中派
花の名前の誤りを
何時　何処で　どんな顔して

気付いてくれることだろう

人間が抱える時間には遅速があり、ずれがある。最初からバランスのとれた、完璧な関係などあるわけもない。人間の関係のなかから、どうしたって、こぼれてしまうもの、遅れてしか届かないものがあることを、詩人は十二分に知っていた。この詩には、そのことの哀しみが、二人の男を通し、二つのかたちで書かれている。

「いい男だったわ　お父さん／娘が捧げる一輪の花／生きている時言いたくて／言えなかった言葉です」とあるが、茨木のり子の人間を見つめる目に、安定した温かさがあるのは、こういう父親の存在があったからだろう。

ただ、茨木は、もっとも敏感で多感な頃、十一歳で生母を亡くしている。それを思うと、わたしより、はるか年上の、もうこの世にはいないこの詩人を、「娘」のようにいたわってあげたくなる。しかもこの詩人はそれについて黙っている。母の死に言及した詩があっただろうか？

常に光のほうを向く向日性が目につくけれど、「知」という詩には、「寂寥」という言葉がある。頭ではわかっても、あらゆる本質をわがものとして知ることはできないという、「不可能性」をといた作品で、「他の人にとっては　さわれもしない／どこから湧くともしれぬ私の寂寥もまた」という二行があった。

のちに「父」に代わって「夫」が現れ、実生活で彼女を支える。しかしその夫も、茨木が四十九歳のときに肝臓がんで死去。『歳月』は、その夫を恋うる詩集である。「一種のラブレターのようなものなので、ちょっと照れくさい」と、生前には公表されなかった。それらの詩篇は、Yと書かれたクラフトボックスの中に清書されて入っていた(『歳月』末尾にある宮崎治「「Y」の箱」)。

わたしたちは、直接、そのひとを知っているわけではない。あくまでも、茨木のり子の目、その言葉を通してあらわされた「夫」を読むわけだが、描かれたそのひとはとても魅力的だ。その根拠を一つひとつあげていったら、全部の詩を引用しなければならない。しかし同時に、詩から見えてくるのは、夫のみならず、茨木のり子そのひとである。夫のなかに彼女がいる。

彼(夫)はわたしたちが漠然と持っている、「茨木のり子とはこういう詩人だ」というイメージを、強めこそすれ決して裏切らない。「おたがいに/なれるのは厭だな」と言ったという夫のせりふは、そのまま茨木のり子が自分の言葉として書きそうな言葉である(「なれる」)。あるいはまた、「悪戯のつもりで/むかしあなたを試したことがあった」とき、怒ったという夫の怒りは、まるで茨木のり子その人の怒りのように感じられる(「試すなかれ」)。

夫婦というものは、鏡のように互いを照らしあうものなのだろうが、ここまで緊密な関係を作り上げることのできるカップルは、たくさんはいないだろう。相手の肉体が消えたことで、この関係は、より詩的に観念的に煮詰められ浄化されたという印象を持つ。ここでは詩のなかで他者を描くという、それ以上のことが起きている。

従来、その生き方において、「私」を慎む美徳を備えていた詩人は、書き方においてもその生き方を貫き、詩を発表する際には、公にする以上、「私」を「普遍化」し、「作品」として立たなければ意味がないと、これは書法というより倫理的に考えていたのではないだろうか。この意味で、茨木のり子の詩は「告白」のようなものからもっとも遠く、「私」を書いても、「うしろめたさ」がない。

ところが『歳月』には、それがある。夫婦という極めて私性の強い、いわば「密室」を書いたのであるから、生前に刊行されなかったのは当然ともいえる。しかし今、この詩集に向き合うわたしたちは、茨木のり子が隠しておきたいと思ったその部分にこそ、実は、深い感情移入をして読んでいる。

「殺し文句」という詩では、「これはたった一回しか言わないから良く聞けよ」と、夫から「殺し文句」の讃辞をもらう。讃辞の内容はもちろん書いていない。詩はその秘密を、二人の会話が挟むかたちで完結している。どんなことを言われたのかなあと想像する。想像するのは馬鹿げたことであると、ふと、思うが、それでもちょっとは想像してみたい。言葉には、なった。しかしそれを言った方も言われた方も、もうこの世にはいないのである。わたしたちに永遠に閉ざされてある、その「言葉」。茨木のり子のもっとも良き部分は、そのように隠され、わたしたちには見えない。

「恋唄」という詩では、

恋に肉体は不要なのかもしれない
けれど今　恋いわたるこのなつかしさは
肉体を通してしか
ついに得られなかったもの

と書いている。意味をきっちりと定めてきた茨木のり子は、この詩集のなかで、だいぶ、ぐらぐらと揺れている。「月の光」という詩には、不吉なイメージが表れる。全行をひく。

ある夏の
ひなびた温泉で
湯あがりのうたたねのあなたに
皓皓《こうこう》の満月　冴えわたり

ものみな水底《みなそこ》のような静けさ
月の光を浴びて眠ってはいけない
不吉である
どこの言い伝えだったろうか
なにで読んだのだったろうか
ふいに頭をよぎったけれど
ずらすこともせず
戸をしめることも
顔を覆うこともしなかった
ただ ゆっくりと眠らせてあげたくて
あれがいけなかったのかしら
いまも
目に浮ぶ
蒼白の光を浴びて
眠っていた
あなたの鼻梁
頬

浴衣
素足

月の光に照らされて眠っている「夫」は、すでにもう、死んでしまっているように、しんとしている。うたたねからやがて目覚めるとわかっていても、読者のほうには、「死」に触ったという感触がしめやかに渡される。詩の言葉が、すべて消えてしまったあとに残るのは、月の光を浴び横たわっている、一人の男の姿である。月光という詩の神に、彼は捧げられた生贄のようだ。茨木は詩のなかで自責の念にかられている。深読みに過ぎるかもしれないが、彼女は「詩」と「生活」とのあいだにあって、ときに「詩」に傾き、夫を束の間、月の光のなかに放置してしまったことを悔いているようにも見えてくる。

刊行された順は逆なのだが、この「対」関係を念頭に置いて、晩年の詩集『倚りかからず』は、読まれるべきだろう。

もはや
できあいの思想には倚りかかりたくない

と始まるタイトルポエム(「倚りかからず」)は、小気味のよいリズムを刻みながら、威勢よく啖呵を切って終わる。代表詩のように思われているが、わたしは少し気の毒な気がする。茨木のり子の本領は、もっと他に求められてしかるべきと思うから。

　夫をなくしたあと、生涯で初めての一人暮らしが始まった。そこからの長い年月、「倚りかからず」というよりそれは、「倚りかかれない」という決心の日々だったかもしれない。剛直に見えるその姿勢のみを取り出し批評する前に、詩のなかにもっともぐりこんで考えてみよう。茨木のり子は弱さも持った一人の人間だった。ただ、その弱さを隠したのだ。生活においても表現においても、おそらく弱さをさらけだそうとはしなかった。そうしているうちにその姿勢が、貝の殻のように固まって、まるで彼女をかばうかのように作品のスタイルとなった――そんなふうに思うのである。詩と人格がぴったりあわさっているので、それを容易に引き離すことができない。わたしもこの文章のなかで、詩について書きながら、生き方についても語ってしまった。彼女の詩にはそういう特徴がある。

　『倚りかからず』のなかでは、「あのひとの棲む国――Ｆ・Ｕに――」の一編がいかにも茨木のり子らしい。あのひととは韓国の女性詩人。茨木は交流を深め、互いの家を訪ねあった。「あなたとはいい友達になれる」とそのひとは言う。なんだかわたしまでうれしくなってしまう。お互い、十分に成熟したのちに得られた、同性の友人関係。あのひと、という、本来、遠く離れた恋人を呼ぶような言葉で、女ともだちに呼びかける。人間関係を築いていくとき、この詩人は、相手の性別を超え、国を超え、「人間」という枠組みでとらえるようだ。

オンドル部屋のあたたかさが出てくるが、韓国へ行ったことのない人も、この「オンドル」というやさしい音の響きに、人肌の温もりを想像できるのではないだろうか。

詩の中盤には、

雪崩のような報道も　ありきたりの統計も
鵜呑みにはしない
じぶんなりの調整が可能である
地球のあちらこちらでこういうことは起っているだろう
それぞれの硬直した政府なんか置き去りにして
一人と一人のつきあいが
小さなつむじ風となって

という連が書かれている。中国や韓国との関係が、再び、ややこしいことになっている現在、わたしも同じ思いでいる。理念としてはまさにそのとおりなのだが、そのとおりのことほど、実践が難しいものはない。個人と個人とが、つむじ風を起こすほどに関係を深めていくためには、相手を知ろうと努力し続ける情熱と、なにより時間が必要だ。「日本語と韓国語ちゃんぽんで／過ぎこしかたをさまざまに語り」、茨木は関係を丁寧に育んだ。

茨木のり子がハングルに取り組んだのは、年譜によれば夫をなくした翌年。五十歳からのスタートである。詩集『寸志』は、その学びの途中に刊行されたものだが、そのなかに「隣国語の森」という一編があって、言葉を学ぶ茨木の姿が視えてくる。「入口あたりでは／はしゃいでいた」。けれど「行けば行くほど／枝さし交し奥深く／外国語の森は鬱蒼としている」。戦中派世代にあたる茨木のり子にとって、日本と中国、韓国との関係は戦争をぬきにして考えられないものだ。次は詩の中盤にあたる三連目からの抜粋。

地図の上朝鮮国にくろぐろと墨をぬりつつ秋風を聴く
啄木の明治四十三年の歌
日本語がかつて蹴ちらそうとした隣国語
한글《ハングル》
消そうとして決して消し去れなかった한글《ハングル》

용서《ヨンソ》하《ハ》십시《シプシ》오《オ》　ゆるして下さい
汗水たらたら今度はこちらが習得する番です
いかなる国の言語にも遂に組み伏せられなかった
勁いアルタイ語系の一つの精髄へ――
少しでも近づきたいと
あらゆる努力を払い
その美しい言語の森へと入ってゆきます

やがてこの努力は、少しずつ、豊かな果実となって実り始める。茨木のり子の訳で読む、『韓国現代詩選』(花神社)。ここでわたしは、姜恩喬《カンウンギョ》の「林」を始め、いくつも好きな詩を見つけることができた。語学の苦労を知る人なら、この過程がどれほど遥かな道のりであるか、わかるだろう。怠け者のわたしを引き合いに出すのは馬鹿げたことだが、過去、わたしも何度か韓国に行き、そのたびにハングルに魅せられ勉強した。しかしいつだって三ヶ月と持たない。中途半端。再び、リルケの『マルテの手記』にあった、「蜂のように蜜と意味を集める」詩人のイメージが茨木に重なってくる。

何らかの強いモチベーションがなければ、語学の継続的学習は難しい。彼女をかりたてていたのは、いったい、どんな熱情だったのだろう。ただ、韓国の詩を訳したいとか、この国に興味があるからとか、そういうことでは追いつかない。もっと大きな、複合的な力が働いていたのではないか。ひとつには、学ぶべき良き時代、若く美しい時代が、戦争で犠牲になったという事情があるだろう。茨木のり子のなかには渇望があったと思う。そしておそらくは我慢強い資質。いつだって、このひとは、こつこつと、一人で学び続けたのである。

戦争、終戦、家族の死──大きな変化があっても、そこで頑なに固まってしまうのではなく、常に動き、変化し、流れていくもの。「生きる弾性」とでもいうようなものが、茨木のり子にも、そしてそのひとの書く詩にも豊富にあって、それが人と作品を輝かせた。

そうして翻って、最初の詩集『対話』に戻ると、「いちど視たもの──一九五五年八月十五日のために──」という詩にふと目が留まった。歴史は動いていく。過去、学校で習ったことより、自分の肉眼で視たもの、それをよりどころに生きていこうという詩だ。終わりの四連を引く。

　すべては動くものであり
　すべては深い翳をもち
　なにひとつ信じてしまってはならない

のであり
がらくたの中におそるべきカラットの
宝石が埋れ
歴史は視るに値するなにものかであった

夏草しげる焼跡にしゃがみ
若かったわたくしは
ひとつの眼球をひろった
遠近法の測定たしかな
つめたく　さわやかな！
たったひとつの獲得品
日とともに悟る
この武器はすばらしく高価についた武器
舌なめずりして私は生きよう！

戦争が終わり、この詩人のなかには自分の目でものを見、生きようという雑草のごとき欲望が沸き上がってきたのだと思う。そう、この「生きよう!」という自らの声は、晩年に至るまで、茨木のり子の体を貫いていた。そしてそれは、民族の違いを越え、一人の人間と一人の人間としてつながりあいたいという、理想主義的な願いとなって、いくつかの詩のなかに結晶した。「どこかに美しい村はないか」と始まる、「六月」は、多くの人に愛誦されている詩だが、そこに書かれている「村」は、どう読んでも、日本国内の「村」と限定されるものではない。もっと抽象的な、もっと共同的な、国という概念を超えた集落だ。

ここで『鎮魂歌』に収められた「りゅうりぇんれんの物語」に触れないわけにはいかない。昭和十九年、日本軍に攫《さら》われ、北海道雨竜郡の炭坑まで強制連行、過酷な労働に従事させられた中国人、劉連仁を描いた叙事詩である。便所の汲取口から汚物にまみれて這い出し脱走、以後十三年、山の中を逃げ続け、やがて日本人の猟師により発見された彼は、母国へ戻って妻子と再会する。小野田寛郎さんのような人が中国にもいたのだ。長い詩だが、「ふるさとの黒い土を一すくい舌の先で嘗めてみた」など、詩の簡潔な表現だからこそ、胸に流れ込む哀しみと憤怒がある。

こうした叙事詩は、書かれたこと自体、珍しいが、詩を支えているのは、どうしても書かなければならないという強い動機で、わたしはここに、ハングルを学び続けた強い動機と同じ種類の熱情を感じる。茨木のり子には、政治の前に、国を超えて、一人の人間の哀しみに反応し、そこへ乗り移る強い能力があった。

能力が発揮されるとき、茨木のり子の「私」は、他者と一体化し姿を消す。そうして他者のなかに「映る」という形で、ようやくその姿を見せる。「見えない配達夫」という詩もあったけれど、その「配達夫」こそ「詩人」に他ならず、「詩人」というのは本来、見えにくい。改めて言うまでもないが、茨木のり子は「詩人」だった。努力してというより、自然、そうなったというように、世の競争や本流から身を遠ざけ、表には出ず、人を評価するような立場はもちろん、評価されるようなポジションもよけて、どこまでも自分のペースで詩と向き合った。

ここまで、たくさんの詩を読んできた。最後に、なんだか忘れものをしたような気持ちになって、思い出したのは「ある存在」という作品だ。さびしい笛の音が今にも聴こえて来るようで、わたしは妙に好きなのである。

大樹の根かたに
裸身をかくし
りょうりょうと笛を吹いているひと

頭に角が生えた、この「半神半獣の痩せた生きもの」が「わたしのどこかに棲みついている」という。

みにくくて
さびしくて
なつかしい存在
音色だけで　ひとびととつながるもの

わたしには段々と、この笛吹きが、茨木のり子に思えてきたのである。以前、何かの本か雑誌で、茨木のり子の写真をたくさん見た。そのとき、その清冽な美貌に驚き、詩壇の原節子だわ！と興奮したものだった。だから、この詩に書かれた、みにくくて、さびしい笛吹き像は、彼女に重ならないと思う人もいるかもしれない。でもいま、詩人は肉体を解き、面差しをぬぎ、このような「存在そのもの」になった。そんなふうに考えてみたい。もしかしたら、もう、茨木のり子という名前も要らないわと、本人は言うかもしれない。
スクラップブックにあったという作品のひとつに「詩」と題された一編がある。末尾の五行は、次のようなものだ。

詩人の仕事は溶けてしまうのだ
民族の血のなかに
これを発見したのはだれ？　などと問われもせず
ひとびとの感受性そのものとなって
息づき　流れてゆく

わたしの耳には聞こえてくる。茨木のり子の詩の言葉が、ときにさびしい笛の音で、ときにはひときわ清い水音をたてて、わたしたちの血のなかを、ひっそりと流れていくのが。

二〇一三年一二月

小池昌代

茨木のり子略年譜

一九二六年（大正十五年）
六月十二日、大阪回生病院で、父、宮崎洪《ひろし》、母、勝の長女として生まれる。

一九二八年（昭和三年）　二歳
弟、英一、生まれる。

一九三一年（昭和六年）　五歳
医師であった父の転勤により、京都に移る。京都下総幼稚園に入る。

一九三二年（昭和七年）　六歳
愛知県西尾町（現、西尾市）に移る。

一九三三年（昭和八年）　七歳
愛知県西尾小学校入学。

一九三七年（昭和十二年）　十一歳
この年（小学校五年生）、日中戦争起こる。十二月、生母、勝死去。

一九三九年（昭和十四年）　十三歳
愛知県立西尾女学校入学。第二の母、のぶ子を迎える。

一九四一年（昭和十六年）　十五歳
この年（女学校三年生）、太平洋戦争起こる。

一九四二年（昭和十七年）　十六歳
父、愛知県幡豆郡吉良町（現、西尾市吉良町）吉田で病院を開業。吉良町に移る。

一九四三年（昭和十八年）　十七歳
帝国女子医学薬学理学専門学校（現、東邦大学薬学部）に入学。
六月、山本五十六元帥の国葬に一年生全員参加。

一九四五年（昭和二十年）　十九歳
学徒動員で、当時、世田谷区上馬にあった海軍療品廠で就業中、敗戦の放送を聞く。翌日、友人と二人、東海道線を無賃乗車で、郷里に辿りつく。

一九四六年(昭和二十一年)　二十歳
四月、大学再開。九月、繰り上げ卒業。国家試験はまだなく、卒業と同時に薬剤師の資格を得る。自称かなりの劣等生、そのうえ、空襲下、逃げまどうばかりの学生生活だったため、みずからを恥じ、以後薬剤師の資格は使用せず。九月二十一日、戯曲「とほつみおやたち」読売新聞戯曲第一回募集に佳作当選。選者は土方与志、千田是也、青山杉作、村山知義等。この前後の事情は「はたちが敗戦」(花神ブックス1『茨木のり子』)に詳しい。

一九四八年(昭和二十三年)　二十二歳
童話「貝の子プチキュー」七月三十日NHKラジオ第一放送、夏のラジオ学校(低学年の時間)朗読山本安英。童話「雁のくる頃」NHK名古屋ラジオ放送。

一九四九年(昭和二十四年)　二十三歳
医師、三浦安信と結婚。埼玉県所沢市大字所沢仲町五七七に住む。

一九五〇年(昭和二十五年)　二十四歳
「詩学」の投稿欄「詩学研究会」に初めて詩「いさましい歌」を投稿(村野四郎選)。このとき初めて茨木のり子のペンネームを使用(この前後の事情は現代詩文庫20『茨木のり子詩集』の「「櫂」小史」に詳しい)。その後、「焦燥」(昭和二十六年)、「魂」「民衆」(昭和二十七年、

鮎川信夫、木原孝一、嵯峨信之、長江道太郎、小林善雄選)を「詩学」に投稿。

一九五三年(昭和二十八年)　二十七歳

五月、同じ「詩学研究会」に投稿していた川崎洋氏と共に、同人詩誌「櫂」創刊。以後、谷川俊太郎、吉野弘、友竹辰、大岡信、水尾比呂志、岸田衿子、中江俊夫氏らが参加。

一九五五年(昭和三十年)　二十九歳

十一月、第一詩集『対話』が不知火社から刊行。

一九五六年(昭和三十一年)　三十歳

三月、新宿区白銀町二十八(神楽坂)に転居。五月、私の好きな童話(木下順二)「貝の子プチキュー」NHKラジオ再放送。

一九五七年(昭和三十二年)　三十一歳

九月、『櫂詩劇作品集』(的場書房)に「埴輪」収録。十月、「櫂」解散。

一九五八年(昭和三十三年)　三十二歳

二月、豊島区池袋三―一三九二に転居。四月、詩劇「杏の村のどたばた」NHKラジオ第一放送。十月、住宅難のため所沢、神楽坂、池袋と転々としたが、保谷市(現、西東京市)東伏見六―二―二十五に家を建てる。十一月、詩集『見えない配達夫』飯塚書店から刊行。十一月「埴輪」TBSラジオ芸術祭参加ドラマ放送。

一九六〇年(昭和三十五年)　三十四歳

二月、「ある一五分」NHKラジオ第二放送。六月、「現代詩の会」安保阻止デモ。

一九六一年(昭和三十六年)　三十五歳

三月、夫、くも膜下出血で入院。

一九六三年(昭和三十八年)　三十七歳

四月、父、洪死去、弟、英一が跡を継ぐ。

一九六五年(昭和四十年)　三十九歳

一月、詩集『鎮魂歌』思潮社から刊行。十二月「櫂」復刊。

一九六七年(昭和四十二年)　四十一歳

十一月、詩人評伝『うたの心に生きた人々』さ・え・ら書房から刊行。

一九六八年（昭和四十三年）　四十二歳
「わたしが一番きれいだったとき」（作曲ピート・シーガー、翻訳片桐ユズル）CBS・ソニーレコード。

一九六九年（昭和四十四年）　四十三歳
三月、現代詩文庫20『茨木のり子詩集』思潮社から刊行。五月、愛知県民話集『おとらぎつね』さ・え・ら書房から刊行。

一九七一年（昭和四十六年）　四十五歳
五月、詩集『人名詩集』山梨シルクセンター出版部から刊行。十二月、「櫂の会」連詩はじまる（七八年まで）。

一九七五年（昭和五十年）　四十九歳
五月二十二日、夫、三浦安信、肝臓がんのため死去。十一月、エッセイ集『言の葉さやげ』花神社から刊行。

一九七六年(昭和五十一年) 五十歳
四月、朝鮮語を習い始める。
一九七七年(昭和五十二年) 五十一歳
三月、詩集『自分の感受性くらい』花神社から刊行。
一九七九年(昭和五十四年) 五十三歳
六月、『櫂・連詩』思潮社から刊行。十月、岩波ジュニア新書9『詩のこころを読む』岩波書店から刊行。
一九八〇年(昭和五十五年) 五十四歳
十一月、吉岡しげ美音楽詩集「女の詩《うた》・そして現在《いま》」(キングレコード)に「わたしが一番きれいだったとき」「女の子のマーチ」「怒るときと許すとき」「生きているもの・死んでいるもの」「小さな娘が思ったこと」が収録される。
一九八二年(昭和五十七年) 五十六歳
十二月、詩集『寸志』花神社から刊行。

一九八三年(昭和五十八年)　五十七歳
七月、現代の詩人7『茨木のり子』中央公論社から刊行。
一九八五年(昭和六十年)　五十九歳
六月、花神ブックス1『茨木のり子』花神社から刊行。
一九八六年(昭和六十一年)　六十歳
六月、エッセイ集『ハングルへの旅』朝日新聞社から刊行。翻訳、韓国童話『うかれがらす』(金善慶著)筑摩書房から刊行。
一九八九年(平成元年)　六十三歳
三月、文庫『ハングルへの旅』朝日文庫から刊行。
一九九〇年(平成二年)　六十四歳
十一月、翻訳詩集『韓国現代詩選』花神社から刊行。
一九九一年(平成三年)　六十五歳
二月、『韓国現代詩選』にて読売文学賞受賞。五月、韓国への旅。

一九九二年（平成四年）　六十六歳
十二月、詩集『食卓に珈琲の匂い流れ』花神社から刊行。英訳詩集 *When I was at my most beautiful and other poems 1953-1982*（ピーター・ロビンソン、堀川史子共訳）Skate Press, Cambridge。

一九九三年（平成五年）　六十七歳
三月、友竹辰死去。

一九九四年（平成六年）　六十八歳
八月、選詩集『おんなのことば』童話屋から刊行。九月、文庫『うたの心に生きた人々』ちくま文庫から刊行。十一月、エッセイ集『一本の茎の上に』筑摩書房から刊行。

一九九六年（平成八年）　七十歳
七月、増補版『茨木のり子』花神社から刊行。九月、詩画集『汲む』(宇野亜喜良・画) ザイロから刊行。

一九九八年（平成十年）　七十二歳

十二月、『二十歳のころ』(立花隆インタビュー集)新潮社から刊行。

一九九九年(平成十一年)　七十三歳

四月、詩人評伝『貘さんがゆく』童話屋から刊行。十月、詩集『倚りかからず』筑摩書房から刊行。十一月、詩人評伝『個人のたたかい——金子光晴の詩と真実』童話屋から刊行。十二月、CD「はじめての町」(作曲佐藤敏直、鶴岡市制施行七十五周年記念)。

二〇〇〇年(平成十二年)　七十四歳

四月、大動脈解離のため公立昭和病院(小平市)に入院。同時に乳がんも発見され手術。

二〇〇一年(平成十三年)　七十五歳

二月、詩集『見えない配達夫』、六月、詩集『対話』、十一月、詩集『鎮魂歌』童話屋から再刊。

二〇〇二年(平成十四年)　七十六歳

六月、詩集『人名詩集』童話屋から再刊。七月十九日、弟、英一死去。八〜十月、『茨木のり子集 言の葉』(全三巻)筑摩書房から刊行。

二〇〇四年（平成十六年）　七十八歳
一月、選詩集『落ちこぼれ』理論社から刊行。七月、対談集『言葉が通じてこそ、友だちになれる』（金裕鴻と対談）筑摩書房から刊行。十月、川崎洋死去。十二月、石垣りん死去。

二〇〇六年（平成十八年）
二月十七日、くも膜下出血のため東伏見の自宅にて死去。享年七十九歳。十九日、音信不通のため訪れた甥、宮崎治により発見。遺志により、葬儀、偲ぶ会は行わず、生前に用意された手紙が親しい友人、知人に送られる。四月、夫の遺骨が眠る鶴岡市浄禅寺（山形県鶴岡市加茂字大崩三二五）の三浦家の墓に納骨。『思索の淵にて――詩と哲学のデュオ』（長谷川宏と共著）近代出版から刊行。六月、絵本『貝の子プチキュー』（山内ふじ江・画）福音館書店から刊行。

二〇〇七年（平成十九年）
二月、詩集『歳月』花神社から刊行。四月、詩人評伝『智恵子と生きた――高村光太郎の生涯』、詩人評伝『君死にたもうことなかれ――与謝野晶子の真実の母性』童話屋から刊行。CD「りゅうりぇんれんの物語」（沢知恵・歌）コスモスレコーズ。

二〇〇八年（平成二十年）

一月、選詩集『女がひとり頰杖をついて』童話屋から刊行。

二〇〇九年（平成二十一年）

十月、「詩人 茨木のり子の贈り物――山内ふじ江が描く「貝の子プチキュー」絵本原画の世界」山形県鶴岡市、致道博物館にて開催。

二〇一〇年（平成二十二年）

七〜九月、「茨木のり子展〜わたしが一番きれいだったとき〜」群馬県立土屋文明記念文学館にて開催。十月、『茨木のり子全詩集』（宮崎治編）花神社から刊行。

（作成・宮崎治）

〔編集付記〕

一、本書を編集するにあたっては、宮崎治編『茨木のり子全詩集』(花神社、二〇一〇)を底本とした。

二、それぞれの作品の出典は、目次中に明示した。

三、対談および「茨木のり子略年譜」の出典は、以下の通りである。

対　談　『茨木のり子』(花神ブックス1、花神社、一九八五)

略年譜　『茨木のり子全詩集』

ただし、略年譜は、二〇一〇年の項目を追加するなど、適宜加筆・修正した。

四、「拾遺詩篇」に収録した作品については、その末尾に発表年月と媒体を(　)内に示した。

五、漢字は原則として新字体に統一した。

六、仮名づかいは、新旧仮名づかいが混在しているが、底本通りとした。

七、難読と思われる漢字には、適宜振り仮名を付した。底本において片仮名で表記されていた振り仮名は、そのままとした。

八、明らかな誤記・誤植は訂正した。ただし、「ネープル」「玄海灘」など、かつて通行した表記はそのままとした。

九、拗促音は、並字を小字にした。

十、今日ではその表現に配慮する必要のある語句を含むものもあるが、作品が発表された年代の状況に鑑み、原文通りとした。

(岩波文庫編集部)

茨木《いばらぎ》のり子詩集《こししゅう》

2014年3月14日　第1刷発行
2014年3月25日　第2刷発行

選　者　谷川俊太郎《たにかわしゅんたろう》

発行者　岡本　厚

発行所　株式会社 岩波書店
〒101-8002 東京都千代田区一ツ橋 2-5-5
案内 03-5210-4000　販売部 03-5210-4111
文庫編集部 03-5210-4051
http://www.iwanami.co.jp/

印刷 製本・法令印刷　カバー・精興社

ISBN 978-4-00-311951-8　　Printed in Japan

読書子に寄す

——岩波文庫発刊に際して——

岩波茂雄

真理は万人によって求められることを自ら欲し、芸術は万人によって愛されることを自ら望む。かつては民を愚昧ならしめるために学芸が最も狭き堂宇に閉鎖されたことがあった。今や知識と美とを特権階級の独占より奪い返すことはつねに進取的なる民衆の切実なる要求である。岩波文庫はこの要求に応じそれに励まされて生まれた。それは生命ある不朽の書を少数者の書斎と研究室とより解放して街頭にくまなく立たしめ民衆に伍せしめるであろう。近時大量生産予約出版の流行を見る。その広告宣伝の狂態はしばらくおくも、後代にのこすと誇称する全集がその編集に万全の用意をなしたるか。千古の典籍の翻訳企図に敬虔の態度を欠かざりしか。さらに分売を許さず読者を繋縛して数十冊を強うるがごとき、はたしてその揚言する学芸解放のゆえんなりや。吾人は天下の名士の声に和してこれを推挙するに躊躇するものである。このときにあたって、岩波書店は自己の責務のいよいよ重大なるを思い、従来の方針の徹底を期するため、すでに十数年以前より志して来た計画を慎重審議この際断然実行することにした。吾人は範をかのレクラム文庫にとり、古今東西にわたって文芸・哲学・社会科学・自然科学等種類のいかんを問わず、いやしくも万人の必読すべき真に古典的価値ある書をきわめて簡易なる形式において逐次刊行し、あらゆる人間に須要なる生活向上の資料、生活批判の原理を提供せんと欲する。この文庫は予約出版の方法を排したるがゆえに、読者は自己の欲する時に自己の欲する書物を各個に自由に選択することができる。携帯に便にして価格の低きを最主とするがゆえに、外観を顧みざるも内容に至っては厳選最も力を尽くし、従来の岩波出版物の特色をますます発揮せしめようとする。この計画たるや世間の一時の投機的なるものと異なり、永遠の事業として吾人は微力を傾倒し、あらゆる犠牲を忍んで今後永久に継続発展せしめ、もって文庫の使命を遺憾なく果たさしめることを期する。芸術を愛し知識を求むる士の自ら進んでこの挙に参加し、希望と忠言とを寄せられることは吾人の熱望するところである。その性質上経済的には最も困難多きこの事業にあえて当たらんとする吾人の志を諒として、その達成のため世の読書子とのうるわしき共同を期待する。

昭和二年七月